McLeods Töchter

Willkommen daheim

McLeods Töchter

Willkommen daheim

Roman von Thea Silva

vgs EGMONT

Bibliografische Information Der Deutschen Bibliothek
Die Deutsche Bibliothek verzeichnet diese Publikation in der
Deutschen Nationalbibliografie;
detaillierte bibliografische Daten sind im Internet über
http://dnb.ddb.de abrufbar.

Der Roman »McLeods Töchter – Willkommen daheim« von Thea Silva
entstand auf Basis der gleichnamigen Fernsehserie von Posie Graeme-Evans
und Caroline Stanton und beruht auf Episoden verfasst von Michaeley O'Brien,
Margaret Wilson, Charlie Strachan, Claire Haywood, Sarah Smith,
Jackie McKimmie und Alexa Wyatt. Eine Produktion von Nine Network,
South Australian Film Corporation und von Millenium Television,
ausgestrahlt bei VOX.

Redaktion: Jutta Wallrafen
Lektorat: Christine Weidenweber
Produktion: Susanne Beeh
Senderlogo: © VOX 2006
Titelfoto: © 2001 Nine Films and Television Pty Limited, Millenium Television
Pty Limited and The South Australian Film Corporation.
Satz: Achim Münster, Köln
Printed in Germany
ISBN 3-8025-3525-1
Ab 01.01.2007:
ISBN 978-3-8025-3525-3

www.vgs.de

1. Kapitel

Wie an einem endlosen Band brausten Autos über die breiten Boulevards von Melbourne. Neonreklamen sandten zuckende Strahlen in den morgendlich grauen Himmel. In rhythmischem Wechsel floss der Verkehr oder hielt inne, wenn an den Straßenkreuzungen die Fußgängerampel auf Grün sprang und sich ungezählte Beinpaare rasch zur gegenüberliegenden Straßenseite bewegten.

Eine hübsche junge Frau überquerte die Straße, ohne auf das Chaos zu achten, das sie umgab. Sie schlenkerte aufgedreht ihre Tasche, während sie ein Handy an ihr Ohr hielt.

»Ja«, bestätigte sie ihrem Gesprächspartner lachend, und ihr Gesicht strahlte. »Ich kann es selbst noch gar nicht fassen. Der reine Wahnsinn! Doch … ja, du kannst es erzählen. Du kannst es allen erzählen. Und stoßt auf mich an!«

Sie legte auf und lächelte, schüttelte aber gleichzeitig ungläubig den Kopf. Bilder, die in starkem Kontrast zur Hektik der Stadt standen, tauchten plötzlich in ihrem Gedächtnis auf: ruhige, sonnige Landschaften im australischen Outback, unendlich weite, grüne Wiesen und Herden von Rindern und Schafen, die gelassen dahinzogen, von Cowboys bewacht.

»Du bist reich«, sagte die junge Frau zu sich selbst. »Tess Silverman, du bist unglaublich reich!«

Wenige Tage später machte sich Tess in ihrem alten Käfer Cabriolet auf den Weg. Seit ihrer Kindheit war sie nicht mehr dort gewesen - draußen auf dem Land, etwa vierhundert Kilometer von Melbourne entfernt, auf Drover's Run, der Farm, die ihr Vater Jack McLeod bis zu seinem Tod bewirtschaftet hatte. Einen kurzen Augenblick lang fragte sie sich, ob es eigentlich glückliche Jahre gewesen waren, die sie dort verbracht hatte. So glücklich, wie sie sein können, wenn man eine Halbschwester zur Spielkameradin hat, jede Menge Tiere auf der Farm und das Gefühl unendlicher Freiheit, das sich in Anbetracht der Landschaft einstellt, gab sie sich selbst die Antwort. Und so unglücklich, wie jedes Kind ist, wenn die Eltern sich immer schlechter verstehen und nur noch streiten. Bis sie eines Tages auseinander gehen.

Die Nachricht vom Tod ihres Vaters hatte Tess mit einigen Wochen Verspätung erreicht. Hätte sie es nicht irgendwie spüren müssen, dass ihr Vater tot war? Mit einer fahrigen Bewegung wischte sie sich eine Haarsträhne aus der Stirn, die der Fahrtwind gelöst hatte. Die große Traurigkeit über den Tod der Mutter hatte einfach keine anderen Gefühle zugelassen. Ruth Silverman, Tess' Mutter, war vor zwei Monaten nach langer Krankheit gestorben. Eine Woche vor Jack McLeod, ihrem Ex-Mann.

Sobald Drover's Run in Sicht kam, drosselte Tess die Geschwindigkeit ihres Wagens. Für einen Augenblick schien ihr der Anblick fast fremd. Aber mit jedem Meter, den sie näher kam, kamen auch die Erinnerungen wieder: die Biegungen des Weges, die sanften Hügel, der Blick durch die Bäume und Sträucher auf das Anwesen mit dem Haupthaus und dem davor gelegenen kleinen Haus der Haushälterin.

Aller Zweifel wich aus Tess' Gesicht und machte einem Lächeln Platz. Das war Drover's Run, ihr altes Zuhause! Genau so, wie sie es in Erinnerung hatte. Sie schaltete einen Gang zurück und fuhr endlich auf den mit Kies bestreuten Hof.

Als sie ausstieg und über den knirschenden Kies auf das Haupthaus zuschritt, schlug ihr eine trockene Hitze entgegen. Das Zirpen der Zikaden erfüllte die Luft wie das Zwitschern eines Vogelschwarms. Tess betrachtete die weiß lackierte Haustür. Es schien eine Weile her zu sein, dass sie einen neuen Anstrich erhalten hatte. Tess klopfte erwartungsvoll an, schüttelte aber gleich darauf mit schmerzverzerrtem Gesicht ihre Hand und blies sich auf die Knöchel. Sie hatte vergessen, wie solide Drover's Run – und damit auch die Tür – gebaut war.

Im Inneren des Hauses war Meg gerade mit dem Abwasch beschäftigt. Die etwa vierzig Jahre alte Frau arbeitete schon sehr lange als Haushälterin auf der Farm. Sie wischte sich die Hände an der Küchenschürze ab und ging hinüber ins Esszimmer, wo sich Claire McLeod, die älteste Tochter des verstorbenen Farmbesitzers, noch eine kurze Pause nach dem Essen gönnte und ein Kreuzworträtsel löste.

»Wer benutzt denn da die Haustür?«, wunderte sich Meg.

Claire hatte bereits das Geräusch des heranfahrenden Wagens gehört und war nicht gerade begeistert. Sie klemmte sich eine Strähne ihres mittellangen braunen Haars hinter das Ohr.

»Das sind immer dieselben«, antwortete sie. »Makler!« Damit stand sie auf und ging zur Tür. »Ich habe doch gesagt, ich verkaufe nicht!«, rief sie schon vom Flur aus.

Sie umfasste energisch den Türknauf und zog. Die Tür bewegte sich jedoch nur ein winziges Stück, gerade so, dass die Zunge des Schlosses aus der Lade rutschte. »Die Tür klemmt!«, rief Claire. »Kommen Sie außen herum!«

»Außen herum?«, antwortete eine Frauenstimme von draußen. »Rechts oder links?«

Claire seufzte. Sie war eine praktische Frau. Das musste sie sein. Schon zu Lebzeiten ihres Vaters – und jetzt noch viel mehr, da sie die Farm allein führen musste. Und ob man rechts oder links um ein Haus herumlief – welchen Unterschied machte das? »Warten Sie!«, sagte sie deshalb ungeduldig durch die geschlossene Tür. »Ich komme.«

»Vielleicht … vielleicht geht sie auf, wenn ich von außen drücke?«, schlug Tess im selben Moment vor. Sie fasste den Knauf und warf sich mit der gesamten Kraft ihres zierlichen Körpers dagegen. Einmal, zweimal – beim dritten Mal gab die Tür nach. Tess machte einen Schritt in den kühlen Flur des Hauses, der im Gegensatz zum grellen Sonnenlicht draußen recht dunkel wirkte. Nur schemenhaft nahm sie das Mobiliar wahr: den dunklen Tisch mit dem Telefon, einen Stuhl … Alles war genau so wie in ihrer Kindheit.

»Was wollen Sie?«, drang Claires Stimme wieder an ihr Ohr.

Claire stand nun im Hof. Sie trug Jeans und ein Top, dem die Arbeit in der Landwirtschaft deutlich anzusehen war. Das Hemd, das die junge Frau im Freien brauchte, um sich gegen die Sonne zu schützen, hatte sie sich um die Hüfte geknotet.

Tess, die durch den Flur wieder nach draußen gelangt war, erkannte in der resoluten Frau, die ihr gegenüberstand, ihre Halbschwester und lächelte herzlich.

»Claire!«, sagte sie, und ihre Stimme klang warm. »Ich bin's. Tess!«

Claires Gesichtsausdruck wechselte von Argwohn zu Zweifel – und im selben Augenblick zu einer eigentümlichen Art von Verwunderung. »Tess«, wiederholte sie, und an ihrer Stimmlage war nicht zu erkennen, ob es sich um ein ungläubiges Nachfragen oder um eine kühle Feststellung handelte. Sie musterte ihre Halbschwester kurz. »Du siehst aus wie deine Mutter.«

Tess lachte. Sie wusste, dass sie ihrer Mutter wie aus dem Gesicht geschnitten war. Und sie war sich sicher, dass auch Claire – wie jeder, der die Ähnlichkeit bemerkte – dies als Kompliment gemeint hatte.

Sie öffnete die Arme, um ihre Schwester zu begrüßen. »Hallo, Claire …«

Ohne sich von der Stelle zu rühren, blieb Claire stehen und sah ihre Schwester irritiert an.

Verunsichert ließ Tess die Arme sinken. »Wollen wir … wollen wir nicht vielleicht hineingehen?«, fragte sie.

Claire deutete wortlos auf die halb geöffnete Tür.

Eine spärliche Beleuchtung, die Claire im Inneren des Hauses einschaltete, erhellte den Flur nun ein wenig. Tess sah sich scheu um. Ihr Blick glitt über die mittlerweile abgewetzten Teppiche hinauf zu den Wänden mit den Bildern. »Ich hatte fast vergessen, wie schön es hier ist«, versuchte sie ein Gespräch zu beginnen. »Das Haus, die Bäume und die Hügel – wie auf einem alten Bild.

Und dass es so groß ist, hatte ich schon fast vergessen. Und jetzt soll mir die Hälfte davon gehören«, brach es plötzlich aus ihr heraus, nachdem sich ihre Augen allmählich an das Dämmerlicht gewöhnt hatten und sie die Zeugnisse alter und gediegener Wohlhabenheit erkannte. »Ich kann es wirklich noch gar nicht richtig glauben!«

Vorsichtig, wie ein Kind, das sich einem Geschenk nähert, von dem es niemals erwartet hätte, dass es ihm jemals gehören könnte, machte Tess einige Schritte den Gang entlang.

»Dieser Geruch«, sagte sie und atmete tief ein. »Dieser Geruch nach … nach Moder. Ja, Moder. Das ist der Geruch meiner Kindheit«, stellte sie fest. »Ich … ich liebe diesen Geruch«, fügte sie dann schnell hinzu, als ihr klar wurde, dass die meisten Leute in ihren Häusern einen modrigen Geruch eher vermeiden würden. Schließlich wollte sie ihre Schwester nicht beleidigen.

Tatsächlich schenkte Claire ihr einen recht misstrauischen Blick.

»Es ist ein angenehmer, ländlicher Duft«, fuhr Tess fort, während sie weiter durch den Flur schritt und dabei die Fotos an der Wand über dem dunklen Tisch mit dem Telefon darauf betrachtete; Fotos von der Farm, von Pferden, von Jack, von Jack und Claire.

Claire hörte ihrer Schwester kaum zu. Wie ein Blitz hatte sie dieses Wort getroffen, das Tess ganz beiläufig erwähnt hatte: die Hälfte. Die Hälfte der Farm. Schon als sie sich auf dem Hof gegenüberstanden, ahnte Claire nichts Gutes. Und warum kam sie jetzt erst? Ihr Vater war seit zwei Monaten tot. Aber vielleicht ist das nur konsequent, dachte sie bitter. Wenn man zwanzig Jahre nichts mehr von sich hat hören lassen – warum soll man es dann plötzlich eilig haben?

Tess bewegte sich auf eine dunkle Holztür im hinteren Teil des Flures zu. »Und das hier«, sagte sie, »das war doch Jacks Büro, nicht wahr?«

Augenblicklich kehrten Claires Gedanken in die Gegenwart zurück. »Möchtest du etwas trinken?«, fragte sie, bevor Tess die Tür zum Büro öffnen konnte.

Tess wandte sich um. »Ja, gern«, antwortete sie verbindlich und folgte Claire in die Küche. Noch bevor Claire Wasser in ihre Gläser füllen konnte, kam Meg hinzu.

»Tess?«, fragte sie, nachdem sie die junge Frau einen Augenblick lang erstaunt angesehen hatte. »Das ist ja eine Überraschung!« Herzlich umarmten sich die beiden. »Soll ich jetzt sagen, dass du groß geworden bist?« Lachend hielt sie Tess nun wieder ein Stück von sich und betrachtete sie. »Du siehst aus wie deine Mutter. Wie geht es ihr?«

Mit dieser Frage hatte Tess gerechnet. Und obwohl ihr die Antwort schwer fiel, war sie doch erleichtert, den Menschen, die zumindest irgendwann mal ihre Familie gewesen waren, vom Tod ihrer Mutter berichten zu können.

»Eigentlich doch romantisch, nicht wahr?«, schloss sie und bemühte sich tapfer um ein Lächeln. »Innerhalb von einer Woche. Erst Ruth und dann Jack. Entschuldigung«, sagte sie schnell und wandte sich ab. Sie war den Tränen nahe und brauchte ein Glas Wasser, um den Knoten hinunterzuspülen, der sich plötzlich in ihrem Hals gebildet hatte.

»Na ja«, fuhr sie dann fort, nachdem Meg dafür gesorgt hatte, dass sich in ihrem Glas frisches Wasser aus dem richtigen Hahn befand – und nicht das braune ungenießbare aus der alten Zisterne. »Jedenfalls dachte ich, wir müssten mal besprechen, wie es jetzt weitergehen soll. Mit dem Besitz, meine ich ...«

Für einen Augenblick waren Claires Gesichtszüge ganz weich geworden, als Tess vom Tod ihrer Mutter erzählte und berichtet hatte, wie sie seitdem häufig hin und hergezogen war. Nun warf sie Meg einen viel sagenden Blick zu. »Ich ... ich muss wieder an die Arbeit«, informierte sie ihre Schwester kurz.

»Natürlich, ich dachte nur ...«, begann Tess. Mit einem Mal durchzuckte sie ein Gedanke, der ihr bislang keinen Moment in den Sinn gekommen war. Dass man hier vielleicht nicht gerade auf sie gewartet hatte ... »Ich dachte, ich bleibe zum Essen«, beendete sie ihren Satz leise.

»Wir haben schon gegessen, und ich habe keine Zeit mehr«, antwortete Claire, ohne eine weitere Regung zu zeigen. »Ich muss zu den Rindern. Aber du kannst gern noch etwas essen«, fügte sie hinzu. »Fühl dich ganz wie …«, sie verschluckte den Rest des Satzes. »Nimm dir einfach, was du brauchst.«

Damit verließ sie die Küche und stapfte im nächsten Augenblick über den Kieshof.

Tess sah ihr nach. Dann rieb sie sich mit den Händen über ihre nackten Arme. Trotz der Hitze draußen war ihr plötzlich kalt.

Es war keine Ausrede. Selbstverständlich hatte Claire zu tun. Auch wenn sie sich vor der Ankunft ihrer Schwester einen Moment Ruhe gegönnt hatte. Aber jetzt war es Zeit weiterzumachen!

Seitdem ihr Vater gestorben war, war sie allein für die Farm verantwortlich, was weder bei den Leuten in der kleinen Stadt Gungellan noch bei den übrigen Farmern im näheren Umkreis auf positive Resonanz stieß. Dass eine Frau - weder verheiratet noch mit einem Mann an ihrer Seite - allein eine Farm führte, an diesen Gedanken musste man sich im australischen Outback wohl erst noch gewöhnen.

Bruce, Gary und Ian saßen vor einer kleinen Hütte neben der Pferdekoppel. Sie hatten eine Box mit Sandwiches zwischen sich stehen. Claires Vater hatte die drei

Männer erst vor wenigen Monaten eingestellt. Es war nicht einfach, tüchtige und zuverlässige Cowboys zu finden, aber mittlerweile waren die drei ein eingespieltes Team. Sie schienen gerade irgendwelche finanziellen Dinge miteinander zu regeln. Aber worum es sich handelte – das ging sie nichts an. Auch wenn sie die Chefin auf Drover's Run war.

»Auf, Männer, weiter geht's«, rief sie den Cowboys beim Näherkommen zu.

Gary, der Wortführer unter den Dreien, steckte schnell sein Geld in die Tasche. Er erhob sich und ging auf Claire zu. »Jack hat uns immer eine ganze Stunde Mittagspause gegeben«, sagte er in vorwurfsvollem Ton und schob die Hände in die Hosentaschen.

»Eine Stunde – sofern die Arbeit es zuließ«, ergänzte Claire. »Was im Moment nicht der Fall ist. Außerdem: Jetzt habe ich hier das Sagen«, fuhr sie fort. »Und ich sage: an die Arbeit!« Damit ging sie selbst voran.

Obwohl sie die Blicke der Männer im Rücken spüren konnte, ließ sie sich nichts anmerken. Bereits seit einigen Tagen gab es Schwierigkeiten. Morgen sollten die Rinder in der etwas weiter entfernt gelegenen größeren Stadt Pinnaroo versteigert werden, und Claire bestand auf einer möglichst schonenden, ruhigen Behandlung der Tiere. Dafür hatten ihr die Männer schon den Spitznamen »die Kuhflüsterin« verpasst. Claire störte sich nicht daran, denn ruhige, nicht gehetzte Rinder, das wusste sie, erzielten bei Versteigerungen die höchsten Preise. Und nur darum ging es ihr am morgigen Tag.

Unterdessen sah Tess sich ein wenig im Haus um. Dazu hatte Claire sie zwar nicht ausdrücklich aufgefordert – aber immerhin hatte Tess hier auch einmal gewohnt. Grund genug also, sich alles anzusehen.

Trotzdem betrat sie nur zögerlich den ersten Stock des Hauses. Sie näherte sich gerade dem Zimmer ihres Vaters, als eine Stimme sie aus ihren Gedanken riss: »Da würde ich nicht hineingehen.«

Tess fuhr herum. Vor ihr stand ein vielleicht siebzehn Jahre altes Mädchen. Sie hatte blondes, lockiges Haar und wirkte in ihrer Trainingskleidung sehr sportlich. Ein eher untypisches Merkmal für die Bewohner von Drover's Run.

»Hallo, ich bin Jodi«, stellte sie sich vor. »Du siehst Claire aber gar nicht ähnlich!«, platzte sie im nächsten Moment heraus.

Tess lächelte verlegen. »Wir … wir haben verschiedene Mütter. Aber … aber denselben Vater«, erklärte sie ein wenig hilflos.

Jodi schien gut informiert zu sein. Sie nickte beiläufig und bot Tess an, sie herumzuführen.

»Arbeitest du hier?«, fragte Tess, während sie dem unbekannten Mädchen durch den Flur folgte.

»Nein«, antwortete Jodi mit einem Lachen, das die Abwegigkeit dieses Gedankens erkennen ließ. »Ich wohne hier. Das heißt, drüben, in dem kleinen Haus. Mit meiner Mutter. Mit Meg.«

Meg hat eine erwachsene Tochter!, schoss es Tess durch den Kopf. Und ich habe sie noch nie gesehen!

Während Jodi erzählte, dass sie gerade die Highschool beendet hatte und während der Ferien auf Drover's Run nun die Ergebnisse der Prüfungen abwartete, wurde Tess bewusst, wie viel Zeit vergangen war. Sie gelangten zu einer Tür, die bei ihr besondere Erinnerungen wachrief. »Das da! Das war mein Zimmer.« Sie ging ein wenig schneller darauf zu.

»Dein Zimmer? Das kann nicht sein. Das war doch immer schon …«, rief Jodi und wollte ihr zuvorkommen. Aber Tess hatte die Tür bereits aufgestoßen. Vor ihr türmte sich ein unbeschreibliches Chaos auf.

»Das war immer schon die Abstellkammer. Jedenfalls so lange, wie ich mich erinnern kann«, beendete Jodi ihren Satz seufzend.

Nach diesem Anblick hatte Tess erst einmal genug vom Haus gesehen. Jodi wollte sie gerade herunterführen, als draußen das Brummen eines Helikopters zu hören war.

Tess beschloss, sich draußen ein wenig umzusehen. Da Jodi mit der Farm selbst eigentlich gar nichts zu tun hatte, verabschiedetet sie sich und verschwand mit einem freundlichen Winken.

Der Hubschrauber war in unmittelbarer Nähe der Pferdekoppel gelandet. Der Pilot stand neben Claire auf der Wiese, und es schien, als würden sich die beiden gut kennen. Und wieder durchzuckte Tess der Gedanke, dass seit ihrer Kindheit auf Drover's Run viel Zeit vergangen war. Dass sich die Nachbarn in dieser Gegend mittlerweile mit Hubschraubern besuchten und nicht mehr nur mit Pferden, war wohl mittlerweile normal.

Als Tess die Koppel betrat, hörte sie noch, wie der Pilot und Claire über Rinderpreise sprachen. Claire erklärte gerade, dass ihre Rinder bei der morgigen Versteigerung mit Sicherheit den besten Preis erringen würden.

Der Pilot erblickte Tess, die ihm im Näherkommen die Hand entgegenstreckte.

»Guten Tag, ich bin Tess Silverman, Claires Schwester aus Melbourne«, stellte sie sich vor. »Starker Auftritt, wie Sie hier angekommen sind. Haben wir auf Drover's Run eigentlich auch so ein Ding?«, erkundigte sie sich bei Claire mit einer Kopfbewegung Richtung Hubschrauber.

»Klar. Und der Rolls-Royce ist gerade in der Inspektion«, kam die prompte Antwort.

Der Hubschrauber-Pilot ließ Tess' Hand nur langsam wieder los. »Ich bin Alex Ryan«, stellte er sich nun seinerseits vor. »Einer der Söhne von der Killarney-Farm.

Ich wusste gar nicht, dass du eine Schwester hast«, wandte er sich dann an Claire.

»Eine Halbschwester«, korrigierte Claire kühl.

»Bleiben Sie länger?«, überging Alex ihren Einwand.

»Ich … äh … ich weiß nicht. Ich muss ein paar Dinge mit Claire besprechen …«, antwortete Tess irritiert. Hatte Claire sie verletzen wollen? Oder gehörte es einfach zu ihrer Schwester, sich in der rauen, schnörkellosen Sprache der Farmer auszudrücken?

»Falls Claire Sie nicht unterbringen kann«, fuhr Alex fort und lächelte Tess charmant an. »Gehen Sie nicht in den Pub. Kommen Sie zu uns! Wir haben immer ein Bett frei.«

Tess lächelte. Hatte da nicht jemand gerade bewiesen, dass auch die raue, schnörkellose Sprache der Farmer durchaus charmant und freundlich sein konnte? »Das ist sehr nett von Ihnen. Danke«, antwortete Tess.

»Also, Alex«, schaltete Claire sich jetzt wieder in das Gespräch ein. »Wann bist du morgen mit dem Aufladen deiner Herde fertig?«

»Wie immer«, antwortete Alex. »Zwischen sieben und halb acht.«

»Okay. Dann kann ich also gegen acht mit dem Viehtransporter rechnen.« Sie fasste Alex am Arm und zog ihn mit sich.

»Auf Wiedersehen, Tess«, rief Alex im Weggehen. »Bis demnächst.«

»Bis demnächst«, antwortete Tess lächelnd. Sie ging zum Haus zurück, und ihr im Wind flatternder Rock verursachte ein angenehm kühlendes Gefühl auf den nackten Beinen.

Claire rammte Alex, der sich noch einmal nach Tess umsah, den Ellbogen in die Seite. »Lass das!«, warnte sie ihn.

»Warum denn?«, entgegnete Alex. »Ich bin ein Mann. Und sie – eine Frau.«

»Tatsächlich? Eine Frau also?«, fragte Claire und sah ihn von der Seite an. »Und was bin ich deiner Meinung nach?«

Alex erwiderte ihren Blick einen Moment lang. »Du bist …«, sagte er dann grinsend. »Du bist Claire.«

Während Tess zum Wohnhaus zurückkehrte, fuhr ein Pick-up auf den Hof und bog rasant um eine Mauer herum. Nur flüchtig konnte Tess die Aufschrift eines Ladens auf der Wagentür erkennen. Am Steuer saß ein junges, hübsches Mädchen mit einem blonden Pferdeschwanz. Offenbar brachte sie Lebensmittel, die Claire oder auch Meg in Gungellan bestellt hatten.

Zur gleichen Zeit schlenderten auch die Cowboys über den Hof und bogen um die Ecke. Wahrscheinlich wurde auch für sie einiges mitgebracht. Als Tess kurz darauf den Pick-up erblickte, blieb sie erst einmal schockiert stehen.

Das Mädchen, das eben noch hinter dem Steuer des Pick-ups gesessen hatte, stand jetzt neben dem Wagen und hob gerade ihr Top, um den Männern einen Blick auf ihre durchaus sehenswerten Brüste zu gewähren. Als sie Tess erblickte, zog sie das Top wieder nach unten, und die Cowboys verschwanden.

»Kann ich … kann ich Ihnen helfen?«, sprach das Mädchen Tess etwas verschämt an.

Tess schüttelte den Kopf und lachte. »Kann ich dir vielleicht helfen?«, gab sie zurück.

»Nein. Ich fahre nur die Lebensmittel aus.« Zur Bestätigung nahm sie einen der prall gefüllten Pappkartons von der Ladefläche des Pick-ups.

»Auch dabei kann man sich helfen lassen«, erwiderte Tess. Sie schnappte sich ebenfalls einen Karton mit Lebensmitteln. »Ich bin Tess. Claires Schwester.«

»Ich bin Becky«, antwortete das Mädchen und musterte Tess. »Du siehst Claire aber gar nicht ähnlich.«

»Wir sind Halbschwestern«, erklärte Tess.

Becky blies sich den blonden Pony aus der Stirn. »Und ich hab schon gedacht, wir wären die einzige kaputte Familie im Land«, antwortete sie grinsend.

Den ganzen übrigen Nachmittag nahm niemand richtig Notiz von Tess. Sie vertrieb sich die Zeit damit, um das Haus herumzustreichen und ihren Gedanken und Erinnerungen nachzuhängen.

Es wurde schon fast dämmrig, als Claire auf den Treppenstufen der Terrasse saß und mit Meg redete.

»Hat sie dir schon gesagt, weswegen sie hier ist?«, erkundigte sie sich bei ihrer Haushälterin.

Meg, die mit einem großen Besen dabei war, die trockenen Blätter der umstehenden Bäume aufzukehren, hielt inne. Sie sah Claire an. »Darüber muss man ja wohl nicht lange nachdenken«, entgegnete sie.

Ohne dass Meg sich genauer ausgedrückt hätte, war Claire vollkommen klar, was sie meinte. Sie seufzte und sah zu Boden. Natürlich ging es um das Erbe. Es hatte keinen Sinn, sich deswegen etwas vorzumachen. »Aber … ich weiß nicht, was ich ihr sagen soll«, sagte sie mit einem Schulterzucken.

Meg stützte das Kinn auf den Besenstiel und sah Claire nachdenklich an. Seit vielen Jahren lebten sie zusammen auf der Farm. »Vielleicht solltest du Tess für den Anfang einfach mal fragen, ob sie über Nacht bleiben möchte«, schlug sie vor.

Claires erster Impuls war Ablehnung. Aber bevor sie etwas einwenden konnte, wurden Schritte hörbar. Schritte, die sich über die Veranda zur Terrasse bewegten.

»Ich hoffe, ich störe nicht«, sagte Tess mit ihrer freundlichen, warmen Stimme.

Es gelang Claire kaum, sich nach ihr umzusehen. Hilfe suchend wanderten ihre Augen zu Meg.

Meg erwiderte ihren Blick mit einer Mischung aus Nachsicht und Ermutigung.

»Nein, Tess, du störst nicht«, antwortete sie und stützte sich wieder auf ihren Besen.

Claire wusste genau, dass dies der Moment war. Der Moment, in dem sie die Einladung aussprechen musste. Aber sie brachte es nicht über sich.

»Im Gegenteil«, fuhr Meg an ihrer Stelle fort. »Wir haben gerade von dir gesprochen. Claire wollte dich fragen, ob du über Nacht bleiben möchtest«, endete sie mit einem viel sagenden Blick zu Claire.

»Über Nacht?«, jubelte Tess. »Oh ja, liebend gern.«

Meg lächelte und fegte weiter. »Gut, dann werde ich dir gleich ein Bett beziehen.«

»Und ich muss unter die Dusche.« Claire stand auf, sah ihre Schwester kurz an und verschwand im Haus.

2. Kapitel

Tess war also eingeladen, über Nacht zu bleiben. Immerhin. Dennoch fühlte sie sich unbehaglich, als sie jetzt das Wohnzimmer betrat, wo Claire gerade den Tisch für das Abendessen deckte.

»Äh … in meinem Zimmer ist ein Gecko«, begann sie etwas unsicher. »Nicht, dass ich Angst vor ihm hätte, aber …«

Bevor sie zu Ende sprechen konnte, drehte ihre Schwester sich zu ihr um. Eine ihrer Augenbrauen war leicht in die Höhe gezogen. Tess kannte diese Miene. Claire hatte sie schon als Kind aufgesetzt, wenn sie mit ihrer jüngeren Schwester unzufrieden war.

»Wie stehst du zu Mücken?«, erwiderte sie auf Tess' Feststellung.

»Nun ja, ich würde sagen … sie lieben mich«, begann Tess zögernd. »Und entsprechend umschwirren sie mich und …«

»Du hast die Wahl«, schnitt Claire ihr das Wort ab. »Entweder du lässt dich von den Mücken fressen – oder von einem reißenden Gecko vergewaltigen.« Der sarkastische Ton ihrer Worte war unüberhörbar. Kunststück! Claire hatte jeden Tag mit wesentlich größeren Tieren als mit Geckos zu tun. Auch wenn die Rinder und Pferde nicht direkt in ihrem Zimmer saßen.

Ohne eine Antwort ihrer Schwester abzuwarten, wechselte sie das Thema. »Was möchtest du trinken?«

»Äh … Wasser, danke«, antwortete Tess. Sie ärgerte sich über sich selbst. Warum hatte sie den blöden Gecko überhaupt erwähnt?

Sie betrachtete den riesigen Tisch, auf dem nur zwei Gedecke aufgelegt waren. »Isst du immer allein?«, fragte sie.

Claire deutete ein Kopfschütteln an. »Erst seit Jacks Tod«, erklärte sie knapp. »Meg und Jodi essen drüben, im kleinen Haus. Setz dich.«

Tess nahm Platz. Sie hatte das Gefühl, von einem Fettnapf in den nächsten zu stolpern.

Während Claire ihrer Schwester das Besteck reichte, versuchte Tess ein Gespräch zu beginnen.

»Es ist schon eigenartig, dass sie so kurz hintereinander gestorben sind. Vielleicht hat Mom Dad gerufen«, überlegte sie laut.

Claire warf ihrer Schwester einen unwirschen Blick zu.

»Sie waren doch einmal vollkommen verrückt nach einander … damals, meine ich«, fuhr Tess schon etwas unsicherer fort.

»Jack hatte einen Herzinfarkt«, entgegnete Claire kurz, die von dieser Theorie ganz offenkundig nichts wissen wollte.

»Das mag ja sein«, versuchte Tess die Sache aufzufangen. »Rein … rein medizinisch gesehen. Aber ich meine, vielleicht hat Jack das Gefühl gehabt, dass Mom ihn ruft«, fuhr sie angestrengt fort. »Findest du es nicht auch irgendwie tröstlich, sich vorzustellen, dass Dad Mom aus Liebe gefolgt ist?«

»Dad ist niemandem gefolgt.« Claire sprach ziemlich nachdrücklich. »Er ist gestorben, nachdem … Es … es war ein Herzinfarkt«, schloss sie dann wieder abrupt.

In diesem Moment kam Meg ins Wohnzimmer. Sie trug zwei Teller mit köstlich duftendem Essen herein. »Das Abendessen«, sagte sie in ihrer ruhigen, freundlichen Art, der nicht anzumerken war, ob sie auch nur einen Bruchteil der Unterhaltung zwischen den Schwestern mitbekommen hatte. Sie stellte die Teller vor Claire und Tess auf den Tisch. »Lasst es euch schmecken!« Mit diesen Worten ließ sie die beiden Schwestern wieder allein.

Claire griff nach der Ketchup-Flasche und verteilte den Inhalt großzügig auf ihrem Teller.

Tess hatte plötzlich das Gefühl, dass ihr jeder Bissen im Hals stecken bleiben würde, wenn sie nicht umgehend das Thema anschnitt, das wie eine Wand zwischen Claire und ihr zu stehen schien.

»Claire«, begann sie, während sie mechanisch ein paar Stücke ihres Essens auf ihrem Teller hin und her schob. »Uns bleibt nichts anderes übrig. Wir müssen darüber reden.«

Claire sah auf. Ihr war vollkommen klar, wovon Tess jetzt anfangen würde.

»Die Farm gehört uns beiden. Zu gleichen Teilen«, fuhr Tess jetzt tatsächlich fort. »Ich habe mit einem Rechtsanwalt geredet. Er sagt, es gibt drei Möglichkeiten.«

Claire blickte wieder auf ihren Teller. Sie wollte Tess nicht das Gefühl geben, dass sie ihren Worten allzu viel Aufmerksamkeit schenkte.

»Erstens«, zählte Tess auf, »wir verkaufen alles und teilen uns das Geld. Aber du willst bestimmt nicht hier weg«, schränkte sie die Option gleich selbst ein. »Die zweite Möglichkeit ist: Wir teilen den Besitz in zwei Hälften. Dann kann jede von uns ihren Teil ohne die Zustimmung der anderen verkaufen – was du aber sicher auch nicht willst. Darum bleibt eigentlich nur die dritte Lösung übrig: Du zahlst mich aus.«

Während Tess sprach, rang Claire um Beherrschung. Sie hatte versucht, gleichmäßig zu atmen und sich so unter Kontrolle zu halten. Jetzt aber zogen sich ihre Augenbrauen urplötzlich zusammen.

»Dies hier ist mein Haus«, sagte sie in einem Ton, der keinen Widerspruch zu dulden schien. »Mein Land, meine Farm und mein Zuhause. Ich lebe hier. Und ich arbeite hier.«

Tess hatte Mühe, ihre Schwester anzusehen. So fest Claire auch klang – sie kämpfte mit den Tränen.

»Ja, aber Dad hat die Farm als Hinterlassenschaft für uns beide …«, wandte Tess vorsichtig ein.

»Du und Ruth – ihr habt uns verlassen«, fiel ihre Schwester ihr ins Wort. Ihre Tränen schien sie wieder hinuntergeschluckt zu haben. Dennoch bebte ihre Stimme. »Und ihr habt zwanzig Jahre lang nichts von euch hören lassen«, stellte sie bitter fest. »Kein einziges Wort. Während Dad und ich hier geschuftet haben. Ihr habt uns verlassen«, wiederholte sie noch einmal, wobei sie jedes einzelne Wort betonte. Dann stand sie auf und verließ das Wohnzimmer.

Wie vom Donner gerührt blieb Tess allein am Tisch sitzen und starrte vor sich hin. Bis sie nach einer Weile mit einem unterdrückten Seufzen die Teller zusammenstellte und sie in die Küche trug. Sie kam gerade die Treppe hinauf, um in das Zimmer zu gehen, das Meg ihr als Gästezimmer eingerichtet hatte, als Claire mit einem Bündel Klamotten und ihrem Bettzeug unter dem Arm auf Jacks Zimmer zuging.

»Oh«, machte sie überrascht. »Ich dachte, das ist Jacks Zimmer.«

»Es ist das größte Schlafzimmer im Haus. Und ab sofort ist es mein Zimmer«, antwortete Claire kalt.

»Oh Claire!«, stieß Tess aus. »Bitte, ich möchte dich zu nichts zwingen …«, begann sie. »Wir müssen nur beide …«

»Ich muss jetzt ins Bett«, sagte Claire und öffnete die Tür zu Jacks Zimmer.

»Aber es ist doch erst halb neun!« Tess schaute ihre Schwester verwundert an.

»Auf dem Land geht man früh zu Bett. Wir müssen schließlich auch früh wieder raus. Du kannst ja noch aufbleiben.« Claire gab sich alle Mühe, ganz normal zu klingen, aber ihre Gefühlslage war nicht zu übersehen.

»Nein, nein, schon gut«, wiegelte Tess schnell ab. »Ich bin auch Frühaufsteherin.«

Claire rang sich den Anflug eines Lächelns ab. »Also dann: Nacht.«

Tess sah ihrer Schwester nach. »Gute Nacht«, antwortete sie in Richtung der bereits geschlossenen Tür. Dann drehte sie sich um und ging in ihr Zimmer.

Sie packte ein paar Dinge aus ihrer Reisetasche aus. Die Schublade, in die sie etwas Unterwäsche hatte legen wollen, schob sie schnell wieder zu. Hier saß nämlich der Gecko. »Mach dich wenigstens nützlich!«, ermahnte Tess den ungebetenen Gast.

Sie wollte gerade weiter auspacken, als ihr ein kleiner Stapel Fotos in die Hand fiel. Ein Bild von zwei kleinen Mädchen, einem älteren mit dunklen Haaren und einem jüngeren mit blonden, lag zuoberst. Die beiden mochten vielleicht fünf und sieben Jahre alt sein. Sie standen auf einer Wiese und hielten sich an den Händen, im Hintergrund die unendliche Weite der Landschaft.

Vorsichtig strich Tess mit ihrem Finger über den Scheitel des älteren Mädchens.

Ich dachte, wenn wir uns wiedersehen, würde alles wieder so wie früher, schoss es Tess durch den Kopf, während sie Claires Silhouette auf dem Foto weiter mit dem Finger folgte. Aber ich habe mich wohl getäuscht.

Es war das erste Mal seit Jacks Tod, dass Claire das Zimmer ihres Vaters betrat. In Panik und halb blind vor Tränen hatte sie ihre Sachen zusammengerafft und sich, ohne lange nachzudenken, zu diesem Schritt entschlossen. Jetzt stand sie im Halbdunkel des Raums und starrte auf die Umrisse des Mobiliars, die das von außen einfallende Licht des Mondes schemenhaft erkennen ließ.

Sie schaltete die Nachttischlampe ein. Alles war genau so, wie Jack es vor zwei Monaten hinterlassen hatte. Niemand hatte seither den Raum betreten.

Ein Geräusch ließ Claire für einen Moment aufsehen. Jemand hatte anscheinend die Verandatür im Erdgeschoss kurz geöffnet und wieder geschlossen. Claire beugte sich vor, um aus dem Fenster sehen zu können, und erkannte Tess im Halblicht des Mondes.

Sie macht wohl noch einen Abendspaziergang, sagte Claire sich mit einem Schulterzucken. Das beste Mittel gegen Schlaflosigkeit.

Claire legte ihr Bündel aus Kleidung und Bettzeug ab, schlug die Bettdecke von Jacks Bett zurück und schob die Kissen ein Stück hoch. Unter dem Kopfkissen kam ein Taschentuch zum Vorschein. Es war frisch gewaschen und gebügelt, und es trug ein aufgesticktes »J« – für Jack.

Überwältigt von dieser plötzlichen Präsenz ihres Vaters ergriff sie das Taschentuch und presste es auf ihr Gesicht. Sie nahm den schwachen Duft von Jacks Aftershave wahr und spürte die Nähe des Vaters umso deutlicher. Nie wollte sie diese Erinnerung vergessen und ihn so für immer bei sich behalten.

Abrupt riss sie das Bettzeug, ihre Kleider und die übrigen Utensilien, die sie mitgenommen hatte, wieder an sich. Sie warf sich in den Sessel, der dem Bett gegenüberstand, und drückte ihre Habe mit einer Hand fest an sich, während sie die andere auf ihren Mund presste, um ihren Schmerz, ihre Furcht und ihre Verzweiflung nicht laut herauszuweinen.

Ein Bilderrahmen, der unter den Sachen war, die sie im Arm hielt, rutschte ein Stück hinab. Claire fasste ihn, bevor er zu Boden gleiten konnte. Ihr tränenverschleierter Blick betrachtete das Foto lange und intensiv. Es zeigte zwei kleine Mädchen, vielleicht fünf und sieben

Jahre alt, das eine mit blonden Haaren, das andere mit dunklen. Sie hielten sich an den Händen, vor dem Hintergrund einer unendlich weiten Landschaft.

Es war schon hell, als Tess durch das Getrappel eiliger Füße auf der Treppe geweckt wurde. Claire war angezogen und offensichtlich drauf und dran, das Haus zu verlassen.

»Claire, um Himmels willen, was ist denn los?«, rief Tess. Sie stand im Schlafanzug am oberen Ende der Treppe und sah ihrer Schwester hinterher.

»Die Rinder«, gab Claire knapp zurück. Sie hatte keine Zeit für eine ausführliche Antwort. »Die Rinder sind ausgebrochen.«

»Mein Gott – wie viel … wie viel Uhr ist es denn?«

»Fünf. Aber tut das was zur Sache?«, gab Claire über die Schulter zurück.

Tess seufzte. Nein, natürlich tat das nichts zur Sache! Schon gar nicht für die Rinder, die sich sicher wenig um die Schlafbedürfnisse der Menschen kümmerten, und schon gar nicht um die Schlafgewohnheiten einer Großstädterin wie Tess. Auch wenn sie nach ihrem kleinen Spaziergang am Abend zuvor doch relativ früh zur Ruhe gekommen war.

Als Tess ein wenig später zusammen mit Meg zu den Viehweiden kam, war Claire schon dabei, Anweisungen zu geben.

»Bruce, Gary, ihr kommt mit mir!«, rief sie den beiden Cowboys zu. »Wir suchen unten am Fluss. Vielleicht sind sie ja dort …« Sie unterbrach sich, sah sich irritiert um. »Wo ist eigentlich Ian?«, wollte sie wissen.

Bruce und Gary wechselten einen kaum merklichen Blick miteinander. »Der ist ziemlich früh mit dem Pickup nach Gungellan gefahren«, antwortete Bruce. »Irgendwas besorgen. Konnte ja keiner ahnen, dass die Viecher abhauen.«

Claire schien schon gar nicht mehr zuzuhören. »Bis der Viehtransporter kommt, haben wir zwei Stunden Zeit«, überlegte sie. »Wenn wir Glück haben und die Rinder finden, kommen wir vielleicht noch pünktlich zur Versteigerung.«

In diesem Moment erfasste Tess das eigentliche Problem an der ganzen Sache erst richtig. Natürlich! Die Versteigerung! Heute war der Tag der Versteigerung. Erst gestern hatte Claire doch gegenüber Alex erklärt, dass sie fest davon ausginge, für ihre Tiere die besten Preise abzuräumen. Und jetzt waren die verdammten Viecher ausgebrochen!

»Ich kann mir überhaupt nicht erklären, wie die da rausgekommen sind«, Gary deutete auf den mächtigen Karabinerhaken, mit dem das Tor zur Viehweide normalerweise verschlossen war. Jetzt baumelte er mitsamt der Kette lose neben dem Gatter herunter.

Als Tess Garys Stimme hörte, kam ihr plötzlich der

gestrige Abend in den Sinn. Denn auch gestern Abend hatte sie Garys Stimme gehört, als sie ihren Spaziergang machte. Er war zusammen mit den anderen Cowboys noch mit irgendetwas beschäftigt gewesen. Obwohl es spät und nach ihrer Arbeitszeit war, hatten sie äußerst konzentriert und rasch Fässer auf den Pick-up geladen und Tess wohl nicht bemerkt.

Sie hatte sich nicht weiter um die Männer gekümmert, sondern war an ihnen vorbeigegangen, durch das Gatter, auf die Viehweide …

»Äh, Claire«, begann Tess jetzt langsam. »Ich glaube fast, ich könnte mit der Sache zu tun haben …«.

Ihre Schwester Claire, die eben noch damit beschäftigt war, den Karabiner wieder einzuhaken, sah auf. »Du? Wieso?«

»Ich bin doch noch mal spazieren gegangen«, gab Tess zu. »Und ich war auch auf der Viehweide. Aber ich habe das Gatter nachher wieder zugemacht. Ich schwör's«, fügte sie schnell hinzu.

»Tatsächlich? Mit dem Karabinerhaken?«, erkundigte sich Claire gereizt.

Tess sah zu Boden. »Ich glaube, den habe ich vergessen. Tut mir Leid, Claire, ich bin so ein …«, ›Rindvieh‹ wollte sie sagen. Aber so richtig passend schien ihr dieser Ausdruck jetzt nicht.

Claire achtete sowieso schon nicht mehr auf sie. »Los, an die Arbeit!«, rief sie allen zu. »Wir haben keine Zeit zu verlieren. Meg, du fährst mit dem anderen Pick-up die Straße ab!« Damit lief sie mit den Cowboys zu den Pferden.

Meg saß fast schon im Wagen, als Tess an die Scheibe klopfte. »Kann ich mit dir mitfahren?«

Meg nickte. »Steig ein!«

Tess war aufrichtig verzweifelt. »Ich bin so ein Idiot! Haben unsere Rinder schon öfter das Gatter aufgemacht?«

Meg sah sie nachsichtig von der Seite an. »Du warst einfach lange nicht mehr hier«, sagte sie.

»Ja. Leider«, seufzte Tess. »Wenn wir die Rinder jetzt nicht finden«, fuhr sie dann fort. »Wenn wir nicht alle zusammengetrieben haben, bis der Viehtransporter kommt … Nächsten Monat ist doch wieder Viehauktion, nicht wahr?«

Meg antwortete nicht gleich. Obwohl die Sicht noch ganz gut war, betätigte sie erst einmal die Scheibenwischanlage. »Der Viehpreis ist gerade hoch«, antwortete sie dann. »Claire hat fest mit dem Verkauf gerechnet.«

Tess zog die Augenbrauen in die Höhe. Der Anflug eines Verdachts stieg in ihr auf. Ein Umstand, mit dem sie nicht im Entferntesten gerechnet hätte.

»Ist … ist die Farm in Schwierigkeiten? In finanziellen Schwierigkeiten, meine ich?«

Wieder ließ Meg sich mit ihrer Antwort eine Sekunde mehr Zeit, als eine spontane Entgegnung erfordert hätte. »Es gibt eben leider jeden Monat eine Menge Rechnungen zu bezahlen«, sagte sie schließlich. »Und Claire hat den Verkauf der Rinder für diesen Monat fest eingeplant.«

Tess lehnte sich in ihrem Sitz zurück und blickte nach vorn auf die Straße. »Verstehe«, sagte sie leise.

Die Straße führte leicht aufwärts. Einer der ungezählten Hügel im australischen Hinterland. Noch bevor der Wagen die Kuppe erreicht hatte, hörten Tess und Meg einen ohrenbetäubenden Knall. Gleichzeitig stieg in unmittelbarer Nähe vor ihnen eine dicke schwarze Rauchwolke in den Himmel.

Sie waren auf dem höchsten Punkt des Hügels angelangt und erkannten nun deutlich, was passiert war. Nur kurz unterhalb der Kuppe, auf einer der ausgetrockneten Wiesen neben der Straße, lag ein umgestürzter Pick-up. Der gleiche wie der, in dem Meg und Tess saßen. Er brannte lichterloh. Fässer waren von seiner Ladefläche gerutscht, und ein offensichtlich verletzter Mann schleppte sich eilig davon. Über die Wiesen galoppierten verschreckte Rinder.

»Ian!«, rief Meg aus, als sie den Mann erkannte. »Und unsere Rinder! Unsere Herde! Er muss mitten in unsere Herde hineingefahren sein!«

Tatsächlich lagen am Straßenrand zwei junge Rinder, verletzt, oder vielleicht schon tot? Der Rest der Herde irrte anscheinend im Gelände herum.

Meg hielt den Wagen an, griff nach dem Erste-Hilfe-Paket und stürzte hinaus zu Ian. Tess folgte ihr.

»Ian! Ian!«, rief Meg, während sie neben dem Verunglückten niederkniete. »Bist du verletzt?«

Ians Gesicht war schmerzverzerrt. »Mein Arm. Ich kann meinen Arm nicht bewegen!«

»Ian, was um Himmels willen ...«, begann Meg, während sie ein Dreieckstuch auseinander faltete, um eine Armbinde zu knüpfen. Sie warf einen Blick über die Schulter. »Das sind doch Benzinfässer, die da brennen? Wie kommen die auf das Auto?«

»Ich ... äh ... ich wollte nur eben ...«, stammelte Ian.

»Schon gut«, schnitt Meg ihm bitter das Wort ab. »Verstehe.«

In diesem Moment kamen Claire, Gary und Bruce angaloppiert. Sie gab den Männern ein Zeichen, die Herde zusammenzutreiben, während sie selbst zu Ian, Meg und Tess ritt.

»Ian?«, fragte sie ungläubig und zügelte ihr Pferd.

»Es tut mir Leid, Claire, ich kam über die Anhöhe ... Ich konnte nicht mehr bremsen«, stammelte der Cowboy mit schmerzverzerrtem Gesicht.

Erst jetzt bemerkte Claire die Rinder am Straßenrand, eilig stieg sie ab und lief zu ihnen.

»Claire, Claire, es ist alles meine Schuld«, rief Tess zerknirscht. »Aber ich habe ja nicht geahnt, dass ...«

Claire achtete nicht auf ihre Schwester. Sie betrachtete die jungen Rinder, von denen eins sich überhaupt nicht mehr rührte, während das andere merkwürdig hechelnd, mit bebenden Flanken und geradezu grotesk verrenktem Kopf auf der Straße lag.

»Man muss den Tierarzt holen!«, stellte Tess nervös fest.

Claire schüttelte den Kopf. »Dafür ist es zu spät.« Ohne eine Gefühlsregung zu zeigen, lief sie zum zweiten Pick-up, griff auf den Rücksitz und zog ein Gewehr hervor, das dort unter einer Decke gelegen hatte.

Sie lud durch, setzte es an, zielte und drückte ab. Ein letztes Zucken, und das Tier bewegte sich nicht mehr.

»Gebrochenes Rückgrat.« Claires Stimme klang bitter. »Jetzt müssen wir sie wegschaffen, und zwar schnell. Mit den Hinterbeinen an den Wagen binden und von der Straße ziehen!«

»Aber das ist schrecklich!« Tess hatte das Gefühl, die offenen Augen des Tieres blickten sie vorwurfsvoll an.

»Das ist nicht schrecklich«, bemerkte Claire kühl. »Das ist Landwirtschaft.«

Aus der Gegenrichtung kam ein roter Wagen auf sie zugefahren und hielt an. Ein Mann mittleren Alters stieg aus. »Claire, ist alles in Ordnung? Was ist passiert?« Es war Harry Ryan, der Besitzer der Killarney-Farm und sozusagen der nächste Nachbar.

»Die Herde ist ausgebrochen, Harry«, antwortete Claire resigniert. »Und Ian ist in sie hineingefahren.«

»Es riecht nach Benzin«, stellte Harry fest. Auch sein Sohn Alex war mit einem Mitarbeiter der Ranch an den Unglücksort gekommen. Mit einem Feuerlöscher in der Hand rannte er auf den brennenden Pick-up und die Fässer zu.

In all dem Treiben kam Tess sich plötzlich hilflos und überflüssig vor. Während sie herumstand, wussten die anderen anscheinend genau, was zu tun war. Meg brachte jetzt den verletzten Ian zusammen mit dem Mitarbeiter von Harry zu dessen Wagen. Von dort aus riefen sie die Feuerwehr an, während Alex und Claire abseits standen und den immer noch brennenden Pick-up betrachteten.

»Wie hat das Vieh denn überhaupt ausbrechen können?«, wollte Alex von Claire wissen.

»Das spielt jetzt keine Rolle mehr«, antwortete sie kurz angebunden.

»Und der Transport zur Auktion? Wirst du den noch schaffen?«, fragte er weiter mit Blick auf den Horizont, der das Voranschreiten des Morgens mehr als deutlich machte.

»Wohl kaum«, antwortete Claire.

»Schade. Dann werden wir auch niemals wissen, wer den besten Preis für die Rinder erzielt hätte«, versuchte Alex zu scherzen. »Du oder ich.«

Claire verzog die Lippen zu einem gequälten Grinsen. »Wir wissen beide, wer es gewesen wäre. Nämlich ich.«

Für einen kurzen Augenblick schmiegte sie sich fast an Alex an, der ihr kameradschaftlich auf die Schulter klopfte. Dann drückte sie sich ihren Hut in die Stirn und ging zurück zu ihrem Pferd.

Fieberhaft suchte Tess nach einer Möglichkeit, wie sie ihren Fehler wenigstens halbwegs wieder gutmachen konnte. Während sie über den Hof schritt und die Front des Hauses betrachtete, hatte sie plötzlich eine Idee.

Schnell ging sie in die Küche und bat Meg um den Werkzeugkasten. Nur beiläufig hörte sie, wie Jodi sich offenbar über ihren Fehler, das Gatter offen zu lassen, lustig machte. Nach Megs Weisung holte sie sich das Werkzeug aus der Waschküche und ging damit zur Haustür.

Ob sie halb offen stand, ganz offen oder geschlossen war - egal. Das Ding klemmte in jeder Position. Tess stieg auf einen Stuhl, schraubte an den Scharnieren, dem Schloss, der Aufhängung und überhaupt allem, was zu dieser Tür gehörte. Sie verpasste ihr Tritte und Fausthiebe. »Du blöde Tür!«, schimpfte sie schließlich, als all ihre Bemühungen nicht fruchten wollten.

Aber anscheinend hatten ihre Anstrengungen nun doch Erfolg. Ohne zu knarren oder zu stocken, öffnete die Tür plötzlich weit ihren Flügel - wie um Tess in das Innere des Hauses einzuladen.

Ein triumphierendes Lächeln legte sich auf Tess' Lippen. »Du gute, brave Tür!«, sagte sie zufrieden.

Unterdessen befand sich Claire noch am Ort des Unglücks. Auch wenn es nicht mehr brannte – immer noch lag der Geruch von Benzin in der Luft. Wozu hatte Ian die Fässer aufgeladen? Und vor allem – woher hatte er all das Benzin gehabt?

Mit einem Mal beschlich Claire ein schrecklicher Verdacht. Sie stieg auf ihr Pferd und ritt zurück nach Drover's Run. An der Stelle, wo sich der unterirdische Benzintank befand, machte sie Halt. Sie stieg ab, kniete nieder und zog den Messstab aus dem Rohr, das aus dem Boden ragte. Sie suchte die Markierungen ab: voll, halb leer, leer ... Claire ließ den Stab sinken. Erst kurz nach Jacks Tod hatte sie den Tank auffüllen lassen. Das Benzin hätte ein halbes Jahr reichen müssen. Mindestens. Aber jetzt war der Tank so gut wie leer.

Aufgebracht stürzte Claire in die Küche zu Meg, Jodi und Tess.

»Ian hat mir Benzin gestohlen. Die Fässer, die er auf dem Pick-up hatte ... das war Benzin von der Farm.«

Meg faltete eines der Wäschestücke zusammen, die sie vor sich liegen hatte. Sie schien nicht besonders überrascht zu sein. »Terry glaubt schon eine ganze Weile, dass er etwas im Schilde führt.«

»Claire!« Ohne dass sie es wollte, schrie Tess den Namen ihrer Schwester geradezu heraus. Aber der Verdacht, der ihr plötzlich kam, beziehungsweise die Gewissheit, nahm ihr fast den Atem. »Ich glaube, es war nicht nur Ian!«

Claire sah ihre Schwester verblüfft an. »Wie bitte?«

»Ich … ich bin doch gestern Abend noch spazieren gegangen«, begann Tess. »Und da sah ich sie alle. Ich meine, Ian, Bruce und Gary. Sie luden Fässer auf den Pick-up. Ich … ich habe mir nichts dabei gedacht. Ich kenne mich in der Landwirtschaft eben nicht aus«, gab sie zu und sah zu Boden.

Einen winzigen Augenblick blieb Claire noch in der Küche stehen. Dann wandte sie sich urplötzlich um und stürzte aus dem Haus.

Meg, Jodi und Tess folgten ihr. »Was hast du vor?«, rief Tess im Laufen.

»Holst du die Polizei?«, wollte Jodi wissen.

»Du hältst die Klappe!«, zischte Meg ihrer Tochter zu.

Sie hatten die Viehweiden fast erreicht. Gary und Bruce, die das Gatter eben verschlossen, hörten die Frauen kommen.

In gelassenem Tempo kam Gary auf die Frauen zu. »Also, die meisten Rinder haben wir wieder«, sagte er, sobald Claire vor ihm stand. »Aber etwa fünfzig fehlen noch. Die gehen wir jetzt suchen.« Er hob schon die Hand, um Bruce mit sich zu winken.

»Nein. Das werdet ihr nicht«, hielt Claire ihn energisch zurück.

Garys Miene verfinsterte sich. »Was … wie?«, fragte er ungläubig. Claire fauchte ihn richtig an. »Vergiss es! Packt euren Kram. Ihr seid gefeuert. Und zwar alle.«

Bruce kam grinsend herbei. »Hey, soll das ein Witz sein?«

Claires Miene war allerdings deutlich anzusehen, dass ihr nicht nach Späßen zumute war. Ihre Stirn war zusammengezogen und ihre Augen tiefdunkel. »Ihr habt mein Benzin gestohlen.«

Gary lachte auf. »Du meinst, weil Ian da vielleicht ein Ding gedreht hat, sollen wir alle …«

»Nicht Ian hat das Ding gedreht, sondern ihr alle drei«, schnitt Claire ihm das Wort ab. »Ihr alle drei habt mich bestohlen.«

»Hey, was heißt denn hier bestohlen?« Bruce steckte lässig die Daumen hinter seine Weste. »Bei Jack konnten wir doch immer voll tanken. Als Bonus sozusagen …«

Claires Wangenknochen zitterten angespannt. »Du lügst!«, entgegnete sie. »Bei Jack hättet ihr euch das nie gewagt.«

»Also, jetzt mal der Reihe nach.« Gary baute sich mit seiner mächtigen Statur vor Claire auf. »Wenn du uns feuern willst, musst du uns vorher dreimal abgemahnt haben. Einmal davon schriftlich.«

Um Claires Lippen spielte ein Zucken. Vielleicht hätte man es für ein spöttisches Lachen halten können. Oder eher Nervosität? Furcht?

Kaum merklich atmete Claire tief ein. »Ihr wollt, dass wir nach den Regeln spielen?«, fragte sie die Männer mit fester Stimme.

Bruce und Gary nickten. »Allerdings. Nach den Regeln«, bestätigte Bruce.

»Okay, dann hole ich jetzt Senior Constable Cook. Der wird sich sicher für eure Version der Geschichte interessieren.«

Bruce und Gary wechselten einen kurzen Blick. »Du wirst hier niemals klarkommen«, stieß Gary mit kaum unterdrücktem Zorn aus. »Ohne Jack, ohne uns ...«

Claires Augen verengten sich sichtlich. Sie musste schlucken, als Bruce den Namen ihres Vaters erwähnte. Aber ihre Wut war in diesem Moment stärker als ihre Trauer, und schnell kehrte ihr gewohnt spöttischer Gesichtsausdruck zurück. Sie stieß ein kurzes, heiseres Lachen aus.

»Das werden wir ja sehen«, sagte sie. »Haut ab! Verschwindet von meinem Besitz! Und lasst euch nie mehr hier blicken!«

Garys Blick war hasserfüllt. Einen kurzen Moment lang schien er noch etwas erwidern zu wollen. Dann aber gab er Bruce ein Zeichen, ihm zu folgen, wandte sich um und ging.

»Super! Du warst klasse!«, gratulierte Tess ihrer Schwester begeistert. »Du hast es ihnen gezeigt und dich nicht unterkriegen lassen.«

Claire sah den Cowboys nach. Ihr Blick war dunkel und müde. »Ich bin erledigt«, flüsterte sie tonlos.

3. Kapitel

Es war noch früh am Vormittag und die Hitze noch einigermaßen erträglich. Dennoch eilte Claire so schnell sie konnte in die Waschküche, um ihr Gesicht unter den Wasserhahn zu halten. Sie hoffte, dass auf diese Weise die Tränen, die ihr die Wangen hinunterliefen, keine allzu deutlichen Spuren hinterließen.

Mit einer heftigen Bewegung nahm sie das Handtuch vom Haken und drückte es auf ihre Augen. Als sie es abnahm, fiel ihr Blick auf den Werkzeugkasten, der zwischen verschiedenen Hausutensilien auf einer Anrichte stand. Ohne lange zu zögern, griff sie danach. Sie musste jetzt etwas tun. Irgendetwas! Ihre Frustration durch Arbeit kompensieren! Die Haustür! Sie würde endlich die Haustür instand setzen! Als Claire zielbewusst auf die Tür zuschritt, tauchte Tess neben ihr auf.

»Claire«, begann sie. »Es … es tut mir alles so Leid! Wenn ich nicht vergessen hätte, den Karabinerhaken zu schließen, dann wäre das alles nicht passiert … der Unfall … die toten Tiere.«

Claire blickte sie nur kurz an. »Wenn die Rinder nicht

weggelaufen wären, hätte ich nie gemerkt, dass meine Cowboys mich bestehlen«, antwortete sie.

»Wenn du die Sache so siehst – das ist wirklich sehr großzügig von dir.« Tess schien ein wenig beschämt und schob sich verlegen eine Haarsträhne aus der Stirn.

Claire zuckte nur die Schultern. »Sehen wir nach vorne«, schlug sie vor. »Hey, was ist das denn?« Verblüfft sah sie die Haustür an. »Die war doch kaputt?«

Jetzt glitt ein stolzes Strahlen über Tess' Gesicht. »Ich habe gedacht, ich mach mich zur Abwechslung mal nützlich. Ein bisschen was habe ich von Jack ja auch gelernt«, setzte sie fast verlegen hinzu. »Dass sich die Dinge nicht von selbst erledigen, wenn man sie immer nur anguckt ...«

Claire sah ihre Schwester erstaunt an, aber Tess versuchte schnellstens die Situation zu überspielen.

»Hallo, Kleiner, komm doch mal her«, rief sie den Hofhund herbei, der gerade einen seiner Wachgänge unternahm.

»Das ist Roy«, erklärte Claire, die den Werkzeugkasten jetzt abgesetzt hatte. »Ich glaube, er mag dich«, stellte sie fest, während der Hund Tess' Streicheleinheiten mit heftigem Schwanzwedeln kommentierte.

»Roy?«, fragte Tess. »Wie Roy Orbison?«

»Nein, Roy, wie ein Ex-Freund von mir. Der sich leider als ziemlicher Bastard herausgestellt hat.« Claire konnte plötzlich ein Lachen kaum unterdrücken. Sie wunderte sich über sich selbst, dass sie Tess so etwas überhaupt anvertraute.

Tess sah zu ihr auf. »Ich mag seine Musik. Nicht die des Bastards, meine ich. Sondern die von Roy Orbison. ›Pretty Woman‹ zum Beispiel.« Sie lächelte.

Auch Claire lächelte jetzt. Im Gegensatz zu ihr hatte Tess immer schon eine Schwäche für alles Schöne gehabt: schöne Kleider, schöne Puppen… »Ich mag den Song auch«, sagte sie schließlich. Dann schickte sie Roy voraus, und sie gingen zurück in Richtung Küche.

Becky brachte gerade wieder neue Lebensmittel. Nachdem Claire die Lieferung abgezeichnet hatte, bat sie die junge Frau, den fälligen Betrag zu den übrigen offenen Beträgen zu addieren. Sie wollte dann alles bei Beckys Chef Jan auf einmal bezahlen.

Becky holte sich gerade das Bier aus dem Kühlschrank, das Claire ihr als Botenlohn angeboten hatte, als Tess ins Wohnzimmer kam. Obwohl sie der Tür den Rücken zugewandt hatte, bemerkte Claire ihr Kommen.

»Hör zu, Tess, es ist ein ungünstiger Zeitpunkt«, begann Claire, während sie sich eine Notiz in ihrer Buchführung machte. »Ich muss erst mal mit einem Anwalt reden. Und du … du willst doch wahrscheinlich auch wieder nach Hause …«

»Nach Hause? Ach so, ja, natürlich. Eigentlich schon.«

Tess machte nicht gerade einen glücklichen Eindruck. Ihr Blick irrte über den dunklen Fußboden.

Claire stutzte. »Und? Was ist das Problem?«, fragte sie nach.

»Das Problem ist«, antwortete Tess und holte tief Luft, »dass ich im Moment kein Zuhause habe. Ich habe zwar nach etwas Neuem gesucht, nachdem Mom gestorben war, aber vorerst eine Weile bei Freunden gewohnt. Mal hier, mal dort. Und dann kam dieser Brief vom Anwalt«, endete sie, indem sie Claire wieder ansah.

Claire brauchte einen Moment, um zu realisieren, was Tess da gerade gesagt hatte. Es war die etwas unterschwellig formulierte Bitte, sie hier auf Drover's Run aufzunehmen. Was sollte sie darauf antworten?

»Also«, begann sie. »Nicht nur die Geckos werden dir missfallen.«

Tess zog verblüfft die Augenbrauen in die Höhe. »Wie bitte?«

»Hier gibt es Spinnen und Schlangen im Klo und alles mögliche Viehzeugs«, fuhr Claire fort. »Das heiße Wasser ist knapp, und der Fernseher funktioniert nicht mehr. Wir stehen im Morgengrauen auf und fallen abends kaputt in die Betten. Ich habe echt keine Zeit, mich auch noch um dich zu kümmern.«

Tess ließ Claires Tirade einen Moment nachhallen. »Das brauchst du auch nicht, Schwester!«, antwortete sie dann. »Ich kann bestens für mich allein sorgen. Seit ich zwölf bin, arbeite ich. Ich habe mir die Ausbildung zur Hotelfachfrau selbst finanziert und mir einen Wagen gekauft. Den ich auch durchaus selbst reparieren kann – manchmal jedenfalls«, fügte sie vorsichtshalber zu. »Ich bin genauso erwachsen wie du. Du musst dir um mich keine Sorgen machen. Falls du mir anbieten willst, hier zu bleiben«, ergänzte sie mit leiser werdender Stimme.

Claire räusperte sich. Sie schien ihr Aufbrausen zu bereuen. »Ja«, sagte sie ein wenig verlegen. »Doch, doch. Das tue ich. Aber es kann Wochen dauern, bis wir die Sache mit der Erbschaft geklärt haben«, endete sie dann schnell.

Tess lächelte schon wieder. »Also, ich habe vorsichtshalber ein paar Unterhosen mehr eingepackt …« Sie verstummte, als sie merkte, dass Meg, Jodi und Becky plötzlich im Wohnzimmer standen. Sie hatte sie nicht kommen gehört.

«Na ja», meinte Claire. Ein leichtes Lächeln schien auch ihre Lippen zu umspielen. »Zur Not haben wir hier sogar eine Waschmaschine. Okay«, schloss sie plötzlich das Gespräch ab und wandte sich zum Gehen. »Dann sehe ich jetzt mal, ob ich die restlichen Rinder wieder einfangen kann.«

»Wie? Allein?« Es war Jodi, die ganz verblüfft nachfragte.

Claire zuckte mit einem hilflosen Grinsen die Schultern. »Es sind ja nur rund fünfzig.«

»Jodi und ich, wir helfen dir«, bot Meg sofort an.

»Wenn ihr noch ein Pferd habt, komme ich auch mit«, erklärte Becky. »Ich habe heute Zeit.«

»Klar haben wir Pferde übrig«, antwortete Claire.

»Äh ... ich kann auch reiten«, warf Tess jetzt schnell ein.

Claire zog überrascht die Augenbrauen hoch. »Tatsächlich?«, fragte sie. »Gut. Dann suchen wir dir auch ein Pferd. Jodi?«, rief sie Megs Tochter hinterher, während sie selbst ebenfalls schon durch den Flur lief. »Kannst du Oskar von der Rentner-Koppel mitbringen?«

Tess hatte einen alten Mantel und einen leicht verbeulten Hut gefunden. Jetzt stand sie vor Oskar, einem nicht allzu großen, ältlichen Schimmel, und strich ihm über Hals und Widerrist.

»Sei brav«, beschwor sie das Pferd. »Hörst du? Sei schön brav. Ich muss wenigstens eine Sache richtig machen.«

Sie setzte einen Fuß in den Steigbügel, fasste den Sattelknauf und schwang sich auf den Rücken des Pferdes.

Claire lächelte anerkennend. »Auf Drover's Run kannst du das aber nicht gelernt haben«, sagte sie. »Dazu warst du zu klein.«

»Ich war in Melbourne im Pony-Club«, gab Tess leicht beschämt zu. Vorsichtig trieb sie ihr Pferd an und ritt los.

»Sie war in einem Pony-Club?«, wiederholte Claire, während sie ihrer Schwester hinterhersah. »Die Tochter von Jack McLeod war in einem Pony-Club?« Sie schüttelte nur ungläubig den Kopf.

Die fünf Frauen ritten gemeinsam über grüne Wiesen, sanfte Hügel und Ebenen, vereint im gleichmäßigen Rhythmus der trabenden Pferde. Auf einer Anhöhe hielt Claire die Gruppe an. Tess stand mit ihrem Pferd neben ihrer Schwester.

»Und?«, erkundigte sich Claire. »Wie geht es deinem Hintern?«

»Bestens«, antwortete Tess begeistert. »Danke der Nachfrage.« Dann ließ sie ihren Blick über das Land gleiten, das sich zu ihren Füßen in all seiner Ruhe und Endlosigkeit ausbreitete. »Das gehört also alles dir«, sagte sie beeindruckt zu ihrer Schwester.

Claire folgte ihrem Blick über die breite, grüne Ebene bis zur nächsten Hügelkette.

»Nein«, antwortete sie, und ein melancholisches Lächeln huschte über ihr Gesicht. »Es gehört … es gehört uns.«

Damit wendete sie ihr Pferd und jagte es im Galopp zurück zur Farm.

4. Kapitel

Es war fünf Uhr dreißig, als Tess' Wecker klingelte. Seit drei Tagen war sie nun schon auf Drover's Run. Und ihr war ziemlich schnell klar geworden, dass sie sich dem Leben auf der Farm anpassen musste, wenn sie die geringste Chance haben wollte, irgendwann eine Einigung mit Claire zu erzielen.

Claire war schon auf den Beinen. Vom Fenster aus sah Tess sie über den Hof laufen, auf einen Wagen zu, aus dem gerade ein junger Mann ausstieg. Er mochte ungefähr in Claires Alter sein, und offenbar kannten sich die beiden gut.

Tatsächlich war Marty, der Mann, der als Schafscherer mit einer Truppe Männer umherzog, nicht zum ersten Mal auf Drover's Run. Er kam seit Jahren hierher. Von Jacks Tod hatte er jedoch noch nichts gehört.

»Das tut mir Leid«, sagte er zu Claire, als sie ihm davon erzählte. »Und wer schmeißt den Laden jetzt?«, fragte er und blickte dabei über das Gelände der Farm.

»Das werde wohl ich sein«, antwortete Claire mit einem Seufzen, ohne darauf einzugehen, dass Marty erstaunt den Kopf ein wenig hob. »Wir hatten doch vier Leute zum Scheren erwartet«, wechselte sie dann das Thema. »Ich habe ein Termingeschäft und muss in achtundvierzig Stunden liefern.«

»Das schaffen wir«, versicherte Marty. »Der vierte Mann ist unterwegs.«

Die Zusage Martys beruhigte Claire. »Jetzt gibt es erst einmal Frühstück.« Auf einem Tisch unter dem Vordach hatte Meg bereits ein kräftiges Frühstück bereitgestellt. »Danach fangen wir an.«

»Auf gute Zusammenarbeit«, meinte Marty mit einem freundlichen Lächeln.

»Auf gute Zusammenarbeit«, erwiderte Claire. »So wie es mit Jack war.« Damit ging sie hinüber, Richtung Haus.

Ihre Schwester Tess kam ihr im Pyjama entgegen. »Unglaublich!«, stieß sie aus. »In drei Tagen lernt man hier mehr Männer kennen als in der Stadt in einem Monat.« Sie drehte sich kurz nach Marty um. Offenbar gefiel er ihr.

»Sind das die Schafscherer, die du engagiert hast?«, erkundigte sie sich weiter. Claire hatte ihr am Abend zuvor von dem Termingeschäft erzählt und davon, dass sie Aushilfskräfte angeheuert hatte. »Also, ich kann gern helfen«, bot Tess jetzt an. »Ich verstehe sogar ein bisschen was von Wolle«, fügte sie mit einem Grinsen hinzu.

»Ach ja?«, fragte Claire, ohne auch nur einen Moment stehen zu bleiben. »Was denn?«

»Dass man sie nicht in den Trockner stecken darf«, antwortete Tess glucksend.

Claire bedachte sie mit einem mitleidigen Blick.

»Nein, jetzt im Ernst«, fuhr Tess schon fort. »Ich will wirklich helfen. Was kann ich tun?«

Jetzt blieb Claire stehen. Mit ironischem Blick und spöttischem Lächeln sah sie ihre Schwester, die in ihrem himmelblauen Pyjama mitten auf dem Hof stand, von oben bis unten an. »Dich erst einmal anziehen«, schlug sie vor.

Als Tess dann zum Frühstück kam, hatten die anderen bereits begonnen. Claire und Marty saßen einander gegenüber und hatten gerade den Preis ausgehandelt, den Claire pro geschorenes Schaf zahlen würde. Nun unterhielten sie sich darüber, dass es nicht einfach sei, in Jacks Fußstapfen zu treten.

Jodi saß zwischen zwei anderen Schafscherern. Der angekündigte vierte Mann war gerade auf dem Motorrad eingetroffen – zusammen mit Becky. Becky, die heute anscheinend ihren freien Tag hatte, war mitgekommen, um die Post nach Drover's Run hinauszubringen. Trotz ihrer beiden Jobs im Supermarkt und im Pub bot sie an, den ganzen Tag auf der Farm zu bleiben und mitzuhelfen.

Meg, die eifrig damit beschäftigt war, Kaffee und Rühreier auszuteilen, blickte recht skeptisch. Sie lebte in der ständigen Sorge, dass Becky, die mit ihren langen blonden Haaren keine Probleme hatte, Männer aufzureißen, einen schlechten Einfluss auf Jodi ausüben könnte. Und dass Becky den Tag nicht unbedingt nur deswegen auf der Farm verbringen wollte, um kräftig zuzupacken, darüber war sie sich völlig im Klaren. Vielmehr ging es ihr wohl eher darum, Luke, dem vierten Schafscherer und ihrer neuesten Errungenschaft, auch nach der gemeinsamen Nacht noch nah zu sein.

»Hier sind die Briefe«, sagte Becky und reichte Claire einen Stapel Post über den Tisch. »Alles Rechnungen, so wie's aussieht«, fügte sie hinzu. »Und der hier ist für dich«, wandte sie sich dann an Tess. »Dein Freund scheint dich schon aufgespürt zu haben«, setzte sie mit breitem Grinsen hinzu.

Tess nahm den Brief entgegen und las den Namen des Absenders. »Vor Rechtsanwälten ist man nirgendwo sicher«, stellte sie fest und warf Claire einen Blick zu. Aber die schien ihre etwas unpassende Bemerkung nicht gehört zu haben.

Nachdem Claire kurze Zeit später den Beginn der Arbeit angekündigt hatte, erhoben sich die Männer, um ihre Geräte aus dem Wagen zu holen.

Jodi, die jetzt direkt neben Becky saß, sah ihnen nach. Vor allem Vernon, der Größte und Kräftigste unter ihnen, hatte scheinbar ihr Interesse erregt. Es war zwar durchaus bekannt, dass man unter Schafscherern nicht gerade die sensibelsten Charaktere findet. Aber zweifellos hatte Vernon mit Abstand die brutalste Ausstrahlung.

»Weißt du, was Terry gerade drinnen in der Küche gesagt hat?«, wandte Jodi sich mit gesenkter Stimme an Becky.

Sie war wenige Augenblicke zuvor mit sichtbar neugieriger Miene aus der Küche zurückgekehrt, nachdem sie ein paar leere Teller hineingetragen hatte. Terry, Harry Ryans Gehilfe, stattete dort ihrer Mutter Meg gerade einen kleinen Besuch ab, was Jodi aber nicht weiter zur Kenntnis nahm. Meg war das nur recht, denn dass sie und Terry in letzter Zeit zarte Bande zueinander geknüpft hatten, das sollte vorerst noch ein Geheimnis bleiben – zumindest vor Jodi.

Jodi warf den Männern einen verstohlenen Blick hinterher. »Dieser Vernon soll ein Killer sein«, raunte sie Becky zu.

»Echt?«, antwortete Becky interessiert und sah sich ebenfalls nach dem Mann um. »Er hat jemanden abgemurkst?«

»Ja«, bestätigte Jodi. »Zumindest hat er einen Landarbeiter fast tot geprügelt. Und seine Familie soll ganz plötzlich spurlos verschwunden sein. Sagt Terry jedenfalls.«

»Er soll seine Familie umgebracht haben?«, wiederholte Becky und nahm nachdenklich einen Schluck aus ihrem Saftglas. »Also, da könnte ich ihn glatt verstehen …«

»Hast du seine Hände gesehen?«, fuhr Jodi mit makabrer Begeisterung fort. »Bestimmt hat er alle eigenhändig erwürgt. Oder zerstückelt …«

»Und ich hab schon gedacht, nur meine Familie wäre ein bisschen komisch …«, meinte Becky.

Claire war nur kurz im Haus gewesen und ging nun zielstrebig zu den Ställen hinüber.

Tess hielt den Moment für günstig, um ihre Schwester kurz abzupassen. »Claire – dieser Brief von meinem Rechtsanwalt, du weißt schon … es geht wirklich um keine große Sache … aber könnten wir vielleicht mal eben darüber reden?«

Claire warf einen kurzen Blick zu Martys Wagen, wo die Schafscherer ihre Utensilien zusammensuchten. »Willst du nicht vielleicht noch lauter schreien?«, zischte sie ihre Schwester grob mit unterdrückter Stimme an. »Die denken doch sowieso schon, dass ich Drover's Run allein nicht führen kann! Wenn sie jetzt noch irgendetwas von einem Anwalt hören …«

»Was soll denn daran schlimm sein?«, unterbrach Tess ihre Schwester.

»Hör zu«, sagte Claire beschwörend und sah Tess fest an. »Wir reden darüber, wenn ich meinen Vertrag erfüllt habe. Vorher habe ich einfach anderes im Kopf.« Damit wandte sie sich ab.

Tess gab ihr Bestes, um ihrer Schwester zu helfen. Zusammen mit Claire und dem Hofhund Roy trieb sie die Schafe von der Weide in den Stall. Das war allerdings gar nicht so einfach, denn die Tiere blökten wild durcheinander. Immer wieder brach eins in Panik aus der Herde aus und versuchte über die Rücken der anderen Schafe hinweg zu flüchten.

»Los, wieder rein mit dir!«, rief Tess einem der Ausbrecher lachend zu und scheuchte ihn mit heftigen Armbewegungen zurück in die Reihen. »Sonst steck ich dich doch noch mitsamt deiner Wolle in den Trockner.«

Im Stall herrschte nun geschäftiges Treiben. Die Scherer bereiteten ihre Werkzeuge vor, während Becky und Meg noch einmal mit großen Besen den Boden säuberten. Auch wenn die Wolle der Schafe ungewaschen zum Abnehmer ging – sobald grober Schmutz dazwischen war, würde sich das ungünstig auf den Preis auswirken.

Schon jetzt war es drückend heiß im Stall. Und der starke Geruch, der von den Schafen ausging, erschwerte das Atmen zusätzlich.

Meg seufzte hörbar, als Jodi in Shorts und extrem knappem T-Shirt den Stall betrat. Anerkennende Pfiffe ertönten, und prompt fiel einem der Männer sein Scherzeug aus der Hand. »Scheiße!«, fluchte er.

»Etwas anderes hast du nicht anziehen können?«, wollte Meg mit hochgezogenen Augenbrauen von ihrer Tochter wissen.

»Mom! Weißt du, wie heiß es hier drinnen wird?«, entgegnete Jodi. »Willst du, dass ich an einem Hitzschlag sterbe? Außerdem bin ich hier in Ferien.«

»Immer dasselbe«, schaltete sich jetzt Marty grinsend ein. »Enten auf dem Teich.«

Tess sah zwischen ihm und Meg hin und her. »Enten auf dem Teich? Was soll das denn bedeuten?«

»Es bedeutet, dass Frauen zu viel schnattern und die Männer von der Arbeit abhalten«, übersetzte Meg mit gelassenem Lächeln. »Jedenfalls behaupten die Männer das«, fügte sie hinzu.

Die Arbeit begann, und Männer wie Frauen arbeiteten einander zu. Becky und Jodi hatten schon Erfahrung darin, die Schafe einzeln hinter dem Gatter hervorzuziehen und sie zu den Scherplätzen zu bringen. Natürlich fehlte Tess jegliche Übung, und so versuchte sie immer noch, ihr erstes Schaf zu erwischen.

»Du musst es einfach umwerfen!«, riet Becky. Aber Tess hatte Angst, das Tier zu verletzen.

Von Minute zu Minute wurde es drückender im Stall. Die Hitze und der Geruch der Schafe taten das ihre – aber auch die Männer schienen von Augenblick zu Augenblick mehr unter Dampf zu stehen. Vor allem Jason, der schnellste Schafscherer, wurde zusehends aggressiv.

»Los, wir brauchen mehr Schafe!«, motzte er Tess und Becky an. »Beeilt euch gefälligst.«

Sobald Tess und Becky draußen waren, deutete Becky mit dem Kopf zum Stall. »Schafscherer! Das sind immer dieselben Typen«, stellte sie entnervt fest. »Schläger und Ex-Knackis. Sogar einen Mörder haben wir diesmal dabei. Nur Luke ist ganz anders.«

»Einen Mörder?«, wiederholte Tess ungläubig, ohne auf Beckys Schwarm einzugehen. »Hier, bei uns im Stall? Weiß Claire davon?«

»Keine Ahnung«, antwortete Becky. »Aber irgendwo müssen diese Leute ja auch arbeiten können.«

Einen Augenblick lang blieb Tess verdutzt stehen. Ihr Gesichtsausdruck ähnelte dem der Schafe – kurz nach der Schur. Dann schüttelte sie den Kopf, um ihrer Verwunderung Herr zu werden. Dass das australische Landleben für Großstädter Überraschungen wie Geckos und Schlangen bereithielt, daran hatte sie sich fast schon wieder gewöhnt. Dass sie hier aber auch mit kriminellen Energien konfrontiert sein würde – damit hatte sie nicht gerechnet.

Am Abend war Claire anzumerken, wie müde sie war. Genauso wie die anderen hatte sie den Tag im Stall geschuftet. Was Claire aber niemand abnehmen konnte, war die Sorge um das Fortbestehen von Drover's Run, die sie ganz allein zu tragen hatte.

Sie leerte mit den anderen zusammen eine Dose Bier, dann zog sie sich ihr Hemd über und ging zum Haus. Tess folgte ihr. »Du, Claire, sag mal ... Übernachten die hier? Auf der Farm?«, fragte sie mit einer Kopfbewegung zu den Schafscherern, die noch mit ihren Bierdosen in den Händen vor den Ställen standen.

»Nein, nein. Ich habe ihnen Zimmer im Hilton gebucht«, war Claires spöttische Antwort. »Na klar«, sagte sie dann versöhnlich. »Drüben in der Hütte der Cowboys.«

»Dass ... dass das Ex-Knackis sind, weißt du aber?«, forschte Tess nach.

Claire blieb stehen. Sie sah ihre Schwester an und wischte sich müde eine Haarsträhne aus dem Gesicht. »Ich muss auf solche Leute zurückgreifen«, antwortete sie. »Man hat als Farmerin nicht immer nur mit Bankern und Rechtsanwälten zu tun. Außerdem machen sie gute Arbeit. Und bringen damit Geld auf die Bank. Das ist es doch, was deinen Rechtsanwalt interessiert, oder?« Claires Wangenmuskeln spielten angespannt. »Du hast ja wohl schon Pläne.«

Tess hörte den Vorwurf in Claires Worten sehr genau heraus. »Geld ist nicht ganz unwichtig«, sagte sie kühl. Dann rief sie sich ins Gedächtnis, dass eine Konfrontation mit ihrer Schwester keinem nützen würde. Ihr nicht und Claire auch nicht. »Und natürlich habe ich auch gewisse Pläne«, lenkte sie ein. »Aber ich habe noch nichts entschieden.« Damit wandte sie sich ab und lief den Pfad hinunter, der seitlich zu den Schafwiesen hinunterführte.

Claire erlaubte sich nicht allzu oft, auf Socken durch das Haus zu laufen. An diesem Abend aber fühlte sie sich völlig gerädert und zog ihre Schuhe in der Waschküche aus.

Sie war von den Schafställen nicht direkt zum Haus, sondern noch einmal zu den Rinderweiden gegangen, um sich zu vergewissern, dass der Karabinerhaken am Gatter eingerastet war. Nur zur Vorsicht.

Als sie nun von der Waschküche in den Flur kam, hörte sie Tess im Büro telefonieren. Vorsichtig schlich Claire auf Socken einige Schritte näher.

»Es tut mir Leid, wenn ich Ihren Anruf nicht bekommen habe. Wissen Sie, ich müsste hier auf einen Baum klettern, um Empfang zu haben«, hörte sie Tess sagen. »Ja, Ihr Brief ist da. Aber ich hatte noch keine Gelegenheit, mit meiner Schwester zu sprechen. Natürlich interessiere ich mich nach wie vor für das Café. Der Preis ist in Ordnung. Und Sie wissen doch auch, dass mir gerade an diesem Café liegt. Wollen die Verkäufer denn immer noch so schnell abschließen?«, erkundigte Tess sich nach einer kurzen Pause. »Es ist so: Ich habe einfach ein schlechtes Gewissen meiner Schwester gegenüber …«

Claires Herz klopfte nach jedem Satz, den sie hörte, schneller. Ihre Befürchtungen stimmten also: Tess hatte ziemlich konkrete Pläne, was sie mit ihrem Erbe anstellen wollte. Pläne, die offenbar kaum Aufschub duldeten.

Einen Augenblick war Claire hin- und hergerissen. So wie es klang, würde das Gespräch zwischen Tess und ihrem Anwalt relativ bald beendet sein. Vielleicht war das der richtige Augenblick, um mit Tess zu reden. Andererseits war Claire so unendlich müde. Sie fühlte sich nicht in der Lage zu verhandeln. Und schon gar nicht, bevor nicht das Termingeschäft abgewickelt war – dieses Geschäft, das im Augenblick so wichtig war, für sie und die Farm …

Mit einer halbherzigen Bewegung machte Claire noch einen Schritt vor. Doch dann überlegte sie es sich anders, drehte sich plötzlich herum und schlich auf Zehenspitzen hinauf in ihr Zimmer.

Nach diesem anstrengenden Tag schmeckte der Lammbraten, den Meg wieder einmal köstlich zubereitet hatte, besonders gut. Eigentlich hatte die Haushälterin etwas ganz anderes gelernt. Bevor sie nach Drover's Run gekommen war, war sie als Friseurin tätig gewesen.

Während Tess mit einem großen Küchenmesser den Knochen von den letzten Fleischresten befreite, stand Meg bereits vor einem Berg dreckigen Geschirrs am Spülbecken. Jodi lehnte mit verschränkten Armen am Küchenregal.

»Um seine ganze Familie umzubringen«, sinnierte sie, »muss man dazu wahnsinnig sein? Oder einfach nur stinksauer?«

»Vielleicht muss man einfach nur die Nase voll davon haben, den Abwasch allein zu machen«, schlug Meg vor und warf ihrer Tochter ein Tuch zum Abtrocknen zu.

»Andererseits«, dachte Jodi weiter laut nach, »was bleibt einem denn auch übrig, wenn man seinen Partner mit jemand anderem im Bett erwischt? Mit dem besten Freund oder der besten Freundin?«

»Man kann vernünftig mit der Sache umgehen«, mischte Tess sich grinsend ein. »Darüber reden, zum Beispiel. Und anschließend mit seiner Zahnbürste das Klo putzen.«

Dieser Einfall schien Jodi sehr zu gefallen. »Gute Idee«, meinte sie lachend.

Claire brachte noch ein paar Schüsseln aus dem Esszimmer mit und hatte Teile des Gesprächs mitgehört. »Und wenn jemand zu einer Bedrohung für dein Eigentum wird?«, fragte sie.

Tess zuckte mit den Schultern. »Es ist nicht okay, sich über anderer Leute Eigentum herzumachen. Aber ich denke, man sollte nicht zu sehr an leblosen Dingen hängen«, antwortete sie leichthin. »Jedenfalls bringt man dafür niemand um.«

»Und wenn es die eigene Existenz bedroht?«, hakte Claire nach. Ihre Stimme klang plötzlich scharfkantig wie gebrochenes Glas. »Etwas Unersetzliches, was man dir wegnehmen will?«

Meg sah sie für einen Moment erstaunt über die Schulter an. Dann wendete sie sich umso geschäftiger dem dreckigen Geschirr zu.

Tess fühlte sich in der Defensive. »Gibt es denn überhaupt etwas, das unersetzlich ist?«, erwiderte sie.

»Was würdest du denn tun, Claire?«, plapperte Jodi unbefangen dazwischen. »Wenn dir jemand etwas so Wichtiges wegnehmen will?«

»Ob es ersetzbar ist oder nicht«, antwortete Claire, und so wie sie jetzt wieder klang, schien sie tatsächlich nur von alltäglichen Gegenständen zu sprechen. »Ich würde mich und mein Eigentum verteidigen. Das Gewehr hängt nicht zur Dekoration im Haus. Entschuldigt mich«, schloss sie dann plötzlich, »ich habe noch im Büro zu tun.«

Eigentlich war es unüblich auf Drover's Run, Türen abzuschließen. Aber es war Tess einfach lieber so. Sie hatte nach dem Gespräch in der Küche die Knochen für die Hunde rausgebracht und dabei einen

Streit zwischen den Schafscherern Vernon und Jason belauscht. Sie wurde nicht ganz schlau aus dem Gehörten. Anscheinend wusste der eine etwas über den anderen, was Marty, der Anführer der Truppe, offenbar nicht wissen durfte. Möglicherweise noch ein Mord oder ein Raubüberfall oder sonst etwas. Und selbst wenn Claire erklärt hatte, dass sie notfalls gewillt war, sich und ihr Eigentum mit dem Gewehr zu verteidigen – und das hoffentlich nicht nur gegen ihre Schwester, schoss es Tess durch den Kopf –, am besten war doch, man ließ es gar nicht erst so weit kommen.

Nur noch einen kleinen Ruck, dann würde sich das rostige Schloss der Waschküchentür hoffentlich endlich schließen lassen …

»Was tust du da?« Claire riss Tess in gebieterischem Ton aus ihren Gedanken. Die einzige und unangefochtene Herrin auf Drover's Run …

»Ich … ich versuche abzuschließen«, erklärte Tess ihrer Schwester kleinlaut. »Ich habe vorhin einen Streit zwischen Jason und Vernon mitgehört. Und wenn ich mir vorstelle, dass einer von ihnen sogar ein Killer ist … Ich fühle mich einfach sicherer so.«

»Tatsächlich?« Claire grinste plötzlich. »Du solltest das nicht so ernst nehmen. Schafscherer sind einfach so. Sie trinken und pöbeln sich an. Deswegen müssen sie nicht gleich Killer sein. Nebenbei: Hattest du heute Sex?«

Tess dachte zunächst, sie hätte sich verhört. Okay, irgendwie war die Stimmung heute im Stall durchaus erotisch aufgeladen gewesen. Schafscherer waren ja wohl nicht alle Killer. Aber … »Wie bitte?«, fragte sie ungläubig nach.

»Das kennt man doch aus Filmen«, fuhr Claire fort, während sie jetzt selbst den Schlüssel des Schlosses wieder zurückdrehte. »Der Killer bringt dich nur um, wenn er kurz zuvor Sex mit dir hatte.«

Sie klang durchaus entspannt und auch ein bisschen überlegen.

»Also, wenn das so ist«, antwortete Tess nicht allzu überzeugt, »dann muss ich mir wohl keine Gedanken machen.«

Es war noch weit vor Mitternacht, als Claire in ihrem Bett hochschreckte. Sie hatte ein Geräusch gehört. Kein Geräusch von draußen – ein Geräusch im Inneren des Hauses!

Mit einem sicheren Griff packte sie das Gewehr, das einsatzbereit neben ihrem Bett stand, und entsicherte es. Lautlos erhob sie sich und schlich aus ihrem Zimmer. Kein Geräusch, nichts zu hören. Auf Zehenspitzen ging sie die Treppe hinab, durch den Flur zum Büro …

In diesem Moment ging hinter ihr in der Küche ein Licht an. Unwillkürlich zuckte Claire zusammen. Während sie überlegte, dass Einbrecher in der Regel erst nach getaner Arbeit die Vorräte plündern, schlich Claire zur Küche.

»Ich nehme auch einen«, sagte sie, als sie sah, wer die Geräusche verursachte. »Und kipp einen Schluck Brandy hinein.«

Ihre Schwester zuckte zusammen. Sie war gerade dabei, sich einen Tee zu kochen.

Tess lächelte sie an, noch ein wenig erschreckt. »Ich bin wohl nicht die Einzige, die nervös ist«, meinte sie und deutete mit dem Kopf auf das Gewehr, das Claire inzwischen wieder gesichert hatte und nun ablegte.

»Ich hab gedacht, hier wär 'ne Ratte in der Küche«, antwortete Claire. »Der hätte ich ordentlich eins aufs Fell gebrannt.«

Tess sagte nichts dazu. Mit Claires Gewehr hätte man Elche umlegen können.

Das Wasser kochte schon. Tess nahm den Kessel und goss den Tee auf. »Ich habe vorhin mit meinem Anwalt gesprochen«, fasste sie sich ein Herz, während sie die zweite Tasse füllte. Dann drehte sie sich zu Claire um.

»Aha«, machte die nur. »Und?« Sie klang weder kampflustig noch ärgerlich. Nur abgespannt.

»Du hast mich doch gefragt, ob ich schon Pläne habe«, fuhr Tess jetzt fort, während die Teetassen einträchtig nebeneinander vor sich hin dampften. »Ich meine, du hast ja eigentlich immer schon gewusst, was du willst. Und ich … also, ich glaube, ich weiß es jetzt auch. Aber ich brauche ein bisschen Geld, um meine Pläne zu verwirklichen.«

Claire rutschte ein wenig auf ihrem Stuhl hin und her. »Was sind das denn für Pläne?«, wollte sie wissen.

»Eigentlich so ein Plan, wie jeder ihn hat.« Tess versuchte die richtigen Worte zu finden.

»Verstehe. Klamotten, ein Auto, Reisen …«, warf Claire ein.

»Nein, ich meine …«, Tess wollte protestieren, doch Claire unterbrach sie. »Tess, weißt du eigentlich, wovon du da redest? Du redest von meinem Zuhause. Mein Zuhause, verstehst du?«

»Claire, ich will doch gar nicht gegen deinen Willen verkaufen«, versuchte Tess ihre Schwester zu beruhigen.

»Sondern? Was willst du?« Claires Körper stand jetzt unter sichtlicher Anspannung. Ihre Hände waren zu Fäusten geballt, aus denen die Fingerknöchel bleich hervortraten.

»Diese Farm hat so viel Land«, begann Tess. »Warum können wir nicht …«

»Sprich es nicht aus, Tess!« Es klang weniger nach einer Drohung als nach einer Bitte. »Sprich es nicht aus!«

»… nur ein kleines Stück verkaufen. Ein kleines Stück Land«, bat Tess.

Claire lehnte sich auf ihrem Stuhl zurück. Sie schloss die Augen und atmete tief durch.

»Nur ein kleines Stück«, wiederholte Tess.

5. Kapitel

Der Brandy im Tee half kein bisschen. Claire verbrachte eine schlaflose Nacht. Ruhelos wanderte sie in ihrem Büro hin und her. Immer wieder ließ sie den Blick über die Regale mit den Akten streifen, unschlüssig, welchen Ordner sie herausziehen und öffnen sollte, um darin die Lösung ihres Problems zu finden.

»Nur ein kleines Stück«, hallten die Worte ihrer Schwester in ihrem Kopf nach. »Nur ein kleines Stück.«

Hatte Tess überhaupt eine Ahnung, was sie da forderte? Drover's Run war keine Anhäufung von Grundstücken. Die Farm war ein komplexes Ganzes. Ein Körper, der jedes Stück Land wie ein Organ brauchte. Wenn man nur einen geringen Teil davon wegnähme – es würde einer Amputation gleichkommen. Einer Amputation an einem lebenden Körper – und einer Amputation an Claires Seele.

Es dämmerte gerade und war noch frühester Morgen, als Claire ihre Schwester mit einem heftigen Klaps auf den Hintern reichlich unsanft weckte. »Tess! Tess, wach auf!«

Tess schlug erschreckt die Augen auf. »Was … was ist denn los?«, fragte sie verschlafen. »Ist jemand gestorben?«

»Nein, es ist niemand gestorben«, antwortete Claire. »Zumindest nicht in den letzten Stunden«, setzte sie sarkastisch hinzu. »Komm mit«, fuhr sie dann fort und zog Tess an einem Arm grob aus dem Bett. »Ich muss dir unbedingt etwas zeigen.«

»Muss das denn jetzt sein?«, fragte Tess verschlafen. »Es ist erst …«

Claire antwortete nicht. Sie sah Tess mit dem gleichen Blick an, mit dem sie ihre kleinere Schwester schon in der Kindheit bedacht hatte. Und der so viel bedeutete wie: »Mach schon!«

Seufzend stand Tess auf und verschwand für einen Moment im Bad.

Als die Frauen über das Land ritten, war die Sonne bereits aufgegangen. Sie schien hell von einem klaren Himmel herab. Die Luft war frisch, erholt von der Kühle der Nacht.

Der Weg führte an einem kleinen Fluss entlang. Claire ritt voraus, und obwohl sich Tess alle Mühe gab, ihr zu folgen, konnte Oskar, der alte Schimmel, auf dem sie ritt, den Hengst Scirocco kaum einholen.

«Claire! Claire!», rief Tess. «Jetzt warte doch mal auf mich!«

Tatsächlich verlangsamte Claire den Trab ihres Pferdes.

Der Fluss bildete an dieser Stelle ein kleines Becken. Fische standen reglos im Schatten eines Astes, der über das Wasser ragte.

»Hier«, begann Claire, als ihre Schwester sie eingeholt hatte. Sie deutete auf das Wasser, das an dieser Stelle ein wenig tiefer war. »Hier habe ich schwimmen gelernt«, erklärte sie.

»Ein Naturbecken«, stellte Tess fest. »Das ist besser als jeder Swimmingpool in Hollywood.«

»Und meinen ersten Kuss habe ich hier auch bekommen«, fügte Claire mit einem Grinsen hinzu.

»Wirklich?«, fragte Tess neugierig geworden nach. »Wer war es denn?«

Als hätte Claire diese Frage überhaupt nicht gehört, gab sie ihrem Pferd ein kurzes Zeichen und ritt weiter.

»Claire!« Tess trat Oskar heftig in die Flanken, damit er sich bewegte. »Claire! Wenn du doch nur einmal ein Geheimnis mit anderen teilen könntest!«

Nach und nach veränderte sich die Landschaft. Sie verließen das kleine grüne Tal des Flusses und ritten nun einen Hügel hinauf, dessen karges Gras von der Sonne verbrannt war. Die Bodenoberfläche war rotbraun und verkrustet.

»Was meinst du, was das ist?«, wollte Claire von Tess wissen, als sie sich einer einfachen Hütte aus Steinen näherten.

Tess zuckte die Schultern. »Keine Ahnung. Ein

Schuppen. Ein Unterstand, zum Schutz vor Unwettern, vermute ich.«

»Diese Hütte hat der Großvater meines Großvaters gebaut. Mit Steinen, die er auf der ersten Weide gesammelt hatte, die zu Drover's Run gehörte«, erklärte Claire.

»Dann ist es also ein alter Schuppen«, meinte Tess. Ihr wurde allmählich klar, was Claire mit diesem Ritt bezweckte. Man musste keine Hellseherin sein, um sich ausmalen zu können, dass Claire wahrscheinlich mit jedem Sandkorn eine innige Beziehung verband.

»Hier ist Jack gestorben«, sagte Claire jetzt und richtete ihren Blick über das weite Land, während ihre Schwester sie bedrückt ansah.

Claire ritt wieder voraus, auf einen einsamen Baum zu, der in nicht allzu weiter Entfernung zu sehen war. In seinem Schatten konnte Tess ein weißes Kreuz erkennen. Es war von einem flachen Zaun umgeben.

Die Frauen stiegen ab und führten ihre Pferde am Zügel hinter sich her. Beim Näherkommen wurden auch die Inschriften auf den drei Grabsteinen sichtbar, die neben dem Kreuz aufgereiht waren.

»Es ist nichts Aufwändiges«, sagte Claire entschuldigend. »Aber das hätte Jack auch nicht gewollt. Das hier ist meine Mom«, erklärte sie und deutete auf einen Grabstein mit einem Frauennamen. »Und das hier«, sie zeigte auf einen kleinen Stein, »das ist Adam.«

»Du hattest einen kleinen Bruder?«, fragte Tess nach.

»Ja, dein Halbbruder«, antwortete Claire. »Er ist bei seiner Geburt gestorben. Zusammen mit Mom.«

Einen Moment lang sprach niemand ein Wort. »Also, da bist du wirklich gut drin – einem ein schlechtes Gewissen zu machen«, seufzte Tess dann.

Claire atmete tief ein. »Du hast gesagt, du willst nur ein Stück Land hergeben«, entgegnete sie. »Dann sag mir jetzt, welches es sein soll. Der Fluss oder dieser Boden, in dem meine beiden Eltern liegen? Oder die alte Steinhütte? Vielleicht können wir die noch am ehesten verkraften …« Sie sah ihre Schwester kurz an, dann nahm sie ihr Pferd am Zügel und ging voraus, zurück zur Farm.

Unter dem Vordach hatte Meg schon das Frühstück vorbereitet. Nun wandte sie sich Vernon zu, dem Mann, der seine Familie umgebracht haben sollte. Er hatte ein Kaninchen gefangen, wie er sagte, und sich beim Abhäuten an der Hand verletzt. Meg versprach, die Wunde zu verbinden.

Als Claire und Tess sich ebenfalls an den Tisch setzten, kam Marty, der Chef der Schafscherer, aufgebracht herbei.

»Wo ist Jason?«, fuhr er seine Leute an.

Vernon sah auf. »Der musste nach Hause«, erklärte er kühl.

»Ohne sein Geld mitzunehmen?« Marty sah ihn forschend an.

»Bei seiner Frau haben ganz plötzlich die Wehen eingesetzt«, entgegnete Vernon nur.

»Davon weiß ich nichts«, hielt Marty ihm entgegen.

»Ich aber. Sie haben ihn über den Pager gerufen, und er ist gleich los.«

Meg hatte unterdessen noch einiges für das Frühstück aus der Küche geholt und von dem Gespräch nichts mitbekommen. »Sollen wir kurz hineingehen und die Wunde verbinden?«, wandte sie sich jetzt an Vernon.

Sofort stand Vernon auf und folgte Meg ins Haus.

»Soviel ich weiß, ist Jason gar nicht verheiratet«, flüsterte Becky, die Tess gegenübersaß, jetzt über den Tisch hinweg.

Unwillkürlich lief Tess ein kalter Schauer über den Rücken. Gleichzeitig fiel ihr der Streit ein, den Vernon und Jason gestern Abend ausgetragen hatten. Und dazu Vernons Schnittverletzung an der Hand ... »Oh«, sagte sie. »Dann liegt er vielleicht irgendwo tot im Graben?«

»Zu ärgerlich«, warf Claire ein, und um ihre Lippen spielte ein ironisches Lächeln. »Dann können wir diesen Teil der Farm jetzt auch nicht mehr verkaufen.«

Ein weiterer Tag der Schafschur begann. Schon nach wenigen Stunden zeigte sich, dass die Arbeit diesmal deutlich langsamer voranging als am Tag zuvor.

»Die ganze restliche Herde zu scheren, das schaffen wir heute nicht«, stellte Marty irgendwann fest. »Uns fehlt eben ein Mann. Wir brauchen auch noch den morgigen Tag.«

»Kommt überhaupt nicht in Frage.« Genau wie alle anderen half auch Claire wieder im Stall mit. Der Schweiß stand ihr auf der Stirn. »Ich habe ein Termingeschäft. Ich muss morgen liefern.«

»Dann musst du den Lohn raufsetzen«, antwortete Marty. »Damit die Männer einen Anreiz haben, um schneller zu arbeiten.«

Claire sah ihn spöttisch an. Marty war nicht der Erste, der versuchte, einen vorab vereinbarten Preis in die Höhe zu treiben.

»Den Lohn heraufsetzen?«, wiederholte sie lächelnd. Sie kannte Marty lange, und sie hatten sich immer gut verstanden. Kleine Hakeleien wie diese waren zwischen Auftraggeber und Schafscherern so gut wie an der Tagesordnung. »So langsam, wie ihr schert, sollte ich den Lohn höchstens herabsetzen«, fuhr sie fort. »Wenn ich euch so sehe – da schere ich ja schneller als ihr alle! Ich denke, ihr seid Profis?«

Auch Marty lächelte. Und Claire wusste, dass er schon immer eine Schwäche für sie gehabt hatte.

»Du meinst, du scherst schneller als wir? Oder als ich?«, fragte er nach. »Dann spring doch für Jason ein! Komm, wir stoppen die Zeit«, fuhr er mit einem Blick auf die Uhr fort, die an einem Balken im Stall hing. »Wer innerhalb von einer Stunde die meisten Schafe schert, hat gewonnen.«

Claire zog die Augenbrauen hoch. »Eine Wette? Na, von mir aus«, meinte sie dann. Es war ihr egal, wie sie die Leute zum Arbeiten bekam. Hauptsache, das Geschäft platzte nicht.

»Wenn ich gewinne«, fuhr Marty jetzt fort, »zahlst du mir und den Jungs pro Schaf zwanzig Cent mehr als vereinbart.«

Claire überlegte einen Augenblick. »Okay«, sagte sie dann. »Und wenn ich gewinne … wenn ich gewinne, bleibt ihr notfalls bis morgen früh. Jedenfalls so lange, bis die gesamte Arbeit erledigt ist. Zum vereinbarten Lohn.«

»Das schaffst du nie«, erklärte Marty grinsend und streckte Claire die Hand hin.

»Wart's ab.« Claire lachte und schlug ein.

Ihr lief der Schweiß in Strömen herab. Sie hatte nicht wenig Mühe, mit Martys Tempo einigermaßen Schritt zu halten. Sie wusste zwar, wie man Schafe schert, aber ihr fehlte die Routine, die Marty schnell einen Vorsprung verschaffte. Schon nach kurzer Zeit lag er um drei Schafe vorn. Meg führte eine Strichliste, die für die beiden Wettkandidaten gut sichtbar im Stall hing.

Um fünf nach elf stellte Marty sein Schergerät ab. Er sah auf die Liste. Es stand zwanzig zu vierzehn für ihn.

»Ich gehe mal kurz eine rauchen«, informierte er Claire und strubbelte ihr durch das zerraufte Haar. »So viel Zeit hab ich dicke.«

Claire war vollkommen außer Atem. Sie sah Marty nach, der schon jetzt siegessicher den Stall verließ. Sie warf einen Blick auf Megs Strichliste, dann nahm sie all ihre Kräfte zusammen, packte das nächste Schaf an den Vorderbeinen, holte es an ihren Scherplatz und machte sich mit größter Konzentration und blitzartiger Geschwindigkeit wieder an die Arbeit.

Als Marty zurückkam, hatte sich sein Vorsprung um drei Schafe verringert. Die letzten Minuten des Wettbewerbs vergingen wie im Fluge. Jetzt kamen auch Tess, Becky und Jodi zu den Scherplätzen, um Claire anzufeuern.

»Schneller, Claire, du schaffst es!«, riefen sie. »Du schaffst es!«

Meg stellte sich zwischen Marty und Claire. Sie sah auf ihre Armbanduhr.

»Acht, sieben, sechs, fünf«, zählte sie die letzten Sekunden der Zeit von ihrer Armbanduhr ab, »vier, drei, zwei, eins – aus!«

Marty und Claire ließen erschöpft die Schergeräte fallen. Die nackte Haut ihrer Arme glänzte vor Schweiß. Sie reichten sich die Hände und lachten sich an.

»Glückwunsch, Marty«, meinte Claire. »Du hast ja doch gewonnen.«

»Bist 'ne gute Verliererin, Claire«, antwortete Marty.

Draußen am Wasserhahn hielt Claire erst einmal ihren Kopf unter den kühlen Wasserstrahl. Sie konnte nicht sehen, wer herauskam, als sich die Tür des Stalls öffnete. Eine Hand strich zusammen mit dem Wasserstrahl durch ihr nasses Haar.

Es war Marty. »Du warst echt gut, Claire«, sagte er anerkennend. »Ich habe mir fast schon Sorgen um meinen Sieg gemacht«, setzte er belustigt hinzu. »Wir wären ein gutes Team.«

Claire wischte sich das nasse Haar aus dem Gesicht, das nun glatt und glänzend an ihrem Kopf anlag. »Also, wenn du das meinst ... Arbeit gibt es hier genug.«

»So meine ich das nicht«, antwortete Marty. Sein Lächeln bekam jetzt einen eigentümlichen Ausdruck. »Ich will nicht mein Leben lang von Farm zu Farm fahren. Du könntest mich fest anstellen. Als Verwalter.«

Claire schüttelte den Kopf. »Oh, tut mir Leid. Aber das kann ich mir nicht leisten.«

»Es geht ja auch nicht immer nur ums Geschäft. Ich meine, wir kennen uns schon so lange ... Weißt du noch damals, der einundzwanzigste Geburtstag von Danny Stubbs, unten am Fluss ...«

»Oh, Marty«, unterbrach Claire ihn lachend. »Das ist nun aber wirklich Schnee von gestern. Außerdem, wenn ich mich recht erinnere … Habe ich dir nicht damals einen Korb gegeben?«

Martys Lächeln wurde etwas weniger strahlend. »Hör mal, ich komme seit Jahren hierher und kenne mich aus. Mag ja sein, dass du dich seit Jacks Tod bisher ganz gut durchgekämpft hast. Aber ich denke, wenn Jack wüsste, dass sich dir die Aussicht auf Erfolg bietet – wenn du nur zugreifst …«

Claire sah Marty an. Sie mochte ihn, das war keine Frage. Aber was Drover's Run betraf, war dies nicht der richtige Zeitpunkt für Gefühle. »Und du wärst meine Chance?«

»Ich hab doch gesagt, wir wären ein gutes Team«, antwortete Marty.

Jetzt sah Claire ihm fest in die Augen. »Ein gutes Team? Bisher habe ich nur eins gesehen«, stellte sie fest. »Dass wir gute Konkurrenten sind. Und dass man sich mit Herausforderungen mehr ins Zeug legt. Du hast plötzlich doppelt so schnell geschoren, um mich zu schlagen, Marty.«

Martys Miene verfinsterte sich augenblicklich.

»Wenn du so weitermachst, sind wir bis Sonnenuntergang nicht fertig«, setzte Claire nach. »Das nur von wegen: Wir arbeiten so schnell wir können.«

Einen Moment lang sah Marty sie schweigend an. »Du wirst die Sache allein nicht durchziehen können, Claire«, sagte er dann. »Du wirst es nicht schaffen.«

»Das werden wir ja sehen«, antwortete Claire gelassen. Damit drehte sie sich um und lief zum Haus.

Claire hatte sich gar nicht so lange im Haus aufgehalten. Sie hatte nur ein paar Telefongespräche führen müssen. Um eine Farm zu führen, müssen nebenbei eben auch viele organisatorische Dinge erledigt werden. Als sie zurück in den Stall kam, waren die Scherplätze verwaist.

»Was ist das denn? Die Zigarettenpause ist doch längst zu Ende?« Claire war die Verwunderung anzumerken.

»Sind die Jungs nicht draußen bei dir?«, rief Meg aus der Kammer mit dem großen Tisch, wo sie mit Jodi und Tess die Wolle prüfte.

Als Claire auf den Hof kam, sah sie Becky, die, mit Zornesröte im Gesicht, auf Luke einredete. »Was soll denn das? Ihr könnt doch jetzt nicht einfach abhauen!«

»Marty ist mein Boss«, entschuldigte sich Luke. »Und ich tue, was er sagt.«

In diesem Moment kam Marty aus der kleinen Hütte, wo er mit den übrigen Schafscherern die Nacht verbracht hatte. Er trug seine Tasche bei sich und wuchtete sie jetzt auf die Ladefläche seines Pick-ups.

»Was hast du vor, Marty?«, fuhr Claire ihn an.

Marty drehte sich gelassen um. »Du hast doch gesagt, du kommst allein zurecht.«

Claire kniff die Augen zusammen. Konnte es wirklich wahr sein, dass Marty ihr aus gekränkter Eitelkeit einen derartigen Strich durch die Rechnung machen wollte? Einen Strich durch das Termingeschäft, von dem er sich an den Fingern abzählen konnte, wie wichtig dessen Einhaltung für Drover's Run war?

»Marty, wir haben einen Vertrag«, erinnerte sie ihn an seine Pflichten. Dabei versuchte sie, nicht beschwörend zu klingen.

Wir haben einen Preis für die Schur pro Schaf ausgemacht«, gab Marty zurück. »Über den Umfang der Arbeit haben wir nicht geredet. Wenn du willst«, fuhr er fort, während Claire vor Empörung beinahe die Luft wegblieb, »kannst du mich ja verklagen. Ansonsten stelle ich dir einfach unsere bisherige Arbeit in Rechnung.«

»Marty, vielleicht kannst du für fünf Minuten dein Ego vergessen und …« Marty machte einen Schritt näher auf Claire zu. »Du hast gesagt, du schaffst es allein. Dann bitte. Fang an.« Damit gab er seinen Männern ein Zeichen und die Schafscherer verließen die Farm.

Claire sah ihnen sprachlos nach.

»Die Sache hat eigentlich nur ein Gutes.« Tess stand jetzt neben ihrer Schwester und sah den Wagen ebenfalls hinterher. »Wir brauchen uns wegen des Killers keine Gedanken mehr zu machen.«

»Wenn es darum ginge«, gab Claire zurück, »dann würde ich jetzt sogar Jack the Ripper einstellen. Solange er dafür sorgen würde, dass die Wolle pünktlich ausgeliefert werden kann.«

Die Situation war alles andere als rosig. Tess begann erst nach und nach das ganze Ausmaß der Lage zu überblicken. Händeringend versuchte Claire Ersatz für die Schafscherer zu finden. Überall bekam sie Absagen, und beim letzten Telefonanruf hatte man ihr mitgeteilt, dass der Schafscherer vor fünf Jahren gestorben sei. Claire hatte keine andere Wahl. Sie musste ihre Schafe selbst scheren.

Tess kam gerade zu ihrer Schwester ins Büro, als Claire auch die letzte gewählte Nummer durchstrich und einen Stapel Papier zusammenschob. Dabei fiel ihr Blick auf ein Blatt, das unter den anderen Unterlagen zum Vorschein kam.

»Nanu«, meinte Claire, hob das Blatt auf und betrachtete es jetzt etwas genauer. Dann gab sie es Tess. »Gehört das dir?«

Tess wusste sofort, dass es sich um die Farbkopie handelte, die sie schon vermisst hatte. Das Angebot über das Café Bila, das ihr der Rechtsanwalt geschickt hatte.

»Das ist ein Café, in dem Mom und ich oft waren«, erklärte sie. »Wir haben es beide sehr gemocht. Und jetzt … jetzt ist es zu verkaufen.« Claire nickte. »Und dazu brauchst du das Geld.« Ihre Stimme klang bitter. Oder war es abfällig?

»Natürlich«, sagte Tess. Sie hatte Mühe, nicht ebenfalls verbittert zu klingen. »Ich verstehe, dass Cappuccino und Käsekuchen nichts sind im Vergleich zur Tradition dieser Farm. Zu den Generationen, die hier gelebt haben. Aber jeder von uns hat seine Pläne, seine Träume ...«

Claire schüttelte den Kopf. Sie erhob sich von ihrem Stuhl hinter dem Schreibtisch. »Tess«, sagte sie. »Es hat keinen Sinn. Die Schafe müssen bis morgen früh geschoren sein. Ich rechne fest mit dem Geld. Du hast deine Pläne, und ich habe meine. Aber bevor die Wolle nicht ausgeliefert ist, habe ich keine Zeit, mir darüber den Kopf zu zerbrechen.«

Kurze Zeit später standen die Frauen zusammen im Stall. Genau wie Claire hatte Becky sich einen der Scherapparate geschnappt und mit dem Scheren begonnen. Sie machte es gut – aber längst nicht so schnell wie Claire oder die professionellen Schafscherer.

Während Meg und Jodi Wolle sortierten, versuchte Tess die Schafe zum Scherplatz zu treiben. Es klappte immer besser, denn sie stellte sich mittlerweile vor, ihre Lieblingsfeindin vom College vor sich zu haben – endlich konnte sie der ein Bein stellen; darauf hatte sie so lange Jahre verzichten müssen.

Plötzlich war draußen ein mächtiger Donner zu hören, und im selben Moment öffnete der Himmel seine Schleusen. Ein Wolkenbruch ging nieder, zu einer denkbar ungeeigneten Zeit.

»Holt die Schafe rein!«, schrie Claire aufgeregt, während sie das gerade geschorene Schaf durch eine Luke ins Freie schob. »Holt sie rein! Sie dürfen vor dem Scheren nicht nass werden.«

Sofort stürzten die Frauen hinaus und trieben die Schafe in den Stall. Roy, der Hofhund, war dabei eine große Hilfe.

»Ein paar Tropfen haben sie aber doch abbekommen«, bemerkte Tess atemlos, während sie sich die nass gewordenen Haare aus der Stirn strich. »Müssen wir sie jetzt föhnen?«

»Wir machen die Fensterklappen auf und scheren diese Gruppe als letzte«, gab Claire zurück. Ihr war nicht zum Spaßen zumute. »Bis dahin ist die Wolle wieder getrocknet.«

Ein weiterer mächtiger Donner war zu hören, und kurz darauf fiel der Strom für einen Moment aus. Im gleichen Augenblick hörte man, dass die Stalltür geöffnet wurde.

Mit einem Flackern ging das Licht wieder an. Die Silhouette eines großen, äußerst kräftigen Mannes zeichnete sich im spärlichen Schein der Stallbeleuchtung ab.

Meg fand zuerst die Sprache wieder. »Vernon?«, stammelte sie verblüfft.

»Es war eine Schweinerei von Marty, Sie im Stich zu lassen«, sagte er zu Claire. »Aber keine Angst. Ich habe ihm gegeben, was er verdient hat.«

Tess zuckte unwillkürlich zusammen. Was konnte Vernon damit meinen? Erneut stieg Angst vor diesem Mann in ihr auf. Hoffentlich wurde das nicht ihre letzte Nacht!

»Ich bin zurückgekommen, um Ihnen zu helfen.« Nach dieser kleinen Rede zog Vernon seine Jacke aus, ging hinüber zu den Scherplätzen und machte sich wortlos an die Arbeit.

Die Nacht wurde lang. Stunde um Stunde schoren sie die Schafe, sortierten die Wolle in der Nebenkammer und füllten sie in die Presse.

Bei jedem Schaf fiel Claire die Arbeit schwerer. Und auch ihr ganzer Körper schmerzte von Minute zu Minute mehr.

Jodi hatte sich auf ein paar alten Matratzen zusammengerollt und schlief. Becky dagegen, der nicht nur im Umgang mit Männern, sondern im Hinblick auf ihre gesamte Lebensgestaltung der Ruf der Flatterhaftigkeit anhaftete, arbeitete mit geradezu verbissener Ausdauer.

Irgendwann ging die Sonne auf. Sie ließ den Grat der Hügelkette wie einen scharfen schwarzen Schattenriss vor einem rosa getönten Himmel erscheinen.

Claire schob das letzte geschorene Schaf durch die Luke ins Freie. »Mach, dass du rauskommst!«, rief sie ihm hinterher und versetzte ihm einen Klaps auf das Hinterteil. Dann warf sie die Arme in die Höhe und brach gemeinsam mit den anderen Frauen in Jubel aus.

»Und jetzt gibt es erst einmal Kaffee!«, seufzte Meg glücklich und machte sich auf den Weg in die Küche.

Kurze Zeit später saßen die Frauen und Vernon auf der Mauer vor dem Stall und frühstückten. Der heiße Kaffee tat wohl in der kühlen Morgenluft.

»Ich finde, wir stoßen an«, sagte Tess plötzlich und hob ihren Kaffeebecher. »Auf Vernon.«

»Ja, wenigstens einer, der Wort hält!«, pflichtete Claire bei und hob ebenfalls ihren Kaffeebecher.

Nachdem die Frauen auf ihn getrunken hatten, räusperte Vernon sich umständlich. »Ich will da noch kurz etwas klarstellen«, meinte er. »Und zwar wegen Jason – der musste nicht nach Hause.«

Die Frauen sahen ihn an. »Nee, es war so, wir hatten Streit«, fuhr Vernon fort. »Darum ist er abgehauen. Sorry«, wandte er sich an Claire. »Ich hätte besser die Wahrheit gesagt. Ging in diesem Moment aber irgendwie nicht.«

Niemand sagte ein Wort.

»Also, ich muss jetzt los«, brach Becky schließlich das Schweigen. »Dann nimmt mich vielleicht das Postauto noch mit nach Gungellan.«

»Warte, du bekommst noch dein Geld«, sagte Claire.

»Jodi, schnapp dir mal ein paar Teller!« Meg und ihre Tochter begannen, das Frühstücksgeschirr in die Küche zu bringen.

Mit einem Mal war Tess allein mit Vernon – dem Mörder, oder nicht? Aus irgendeinem Grund kam sie sich plötzlich albern vor. »Äh …«, begann sie ein wenig verlegen und trat ein Stück näher an Vernon heran. »Jason … der liegt nicht zufällig irgendwo erschlagen hinter einem Busch?«

Vernon sah sie überrascht an. Dann legte sich ein gutmütiges Lächeln auf sein brutales Gesicht. »Er liegt mit Steinen beschwert auf dem Grund des Flusses. Genau wie meine Frau und die Kinder.«

Tess konnte sich ein Grinsen nicht verkneifen. »Na ja, nach dem, was man so hört …«

Vernon lächelte noch immer. Jetzt war es ein fast verlegenes Lächeln. »Es gibt noch andere Gründe, warum man eine Familie plötzlich verlieren kann. Meine Frau hat mich verlassen«, gestand er. »Weil ich sie betrogen habe.«

»Ach, ich hatte gehört, Ihre Frau hätte Sie … mit Ihrem besten Freund …« Tess wollte unbedingt erfahren, was an der Mordgeschichte dran war.

»Nee«, machte Vernon und wurde rot. »Ich habe sie betrogen. Aber mit dem besten Freund … mit meinem besten Freund, das stimmt trotzdem.«

»Wie bitte?« Tess war sichtlich erstaunt. »Ihr bester Freund? Soll das heißen, Sie sind … Sie sind …«

Vernon zuckte die mächtigen Schultern. »Kommt ja in den besten Familien vor. Das Schwulsein, meine ich.«

Tess sah den Mann noch immer verdattert an. Sie hätte Vernon wirklich so gut wie alles zugetraut – nur nicht, dass er Männer liebte!

Tess hatte nur ein paar Stunden geschlafen. Während der kurzen Zeit am Vormittag hatte sie jedoch einen Entschluss gefasst. Sie fuhr mit ihrem Käfer auf eine Anhöhe, in der Hoffnung, für ihr Handy Empfang zu bekommen, und genoss für einen Augenblick den unglaublich blauen Himmel und die wunderbare Landschaft.

Die Entscheidung war Tess nicht leicht gefallen. Auch wenn es zu ihrem eigenen Nachteil war, so musste sie Claires Argumente akzeptieren. Drover's Run war tatsächlich eine Einheit. Jeder Zentimeter Boden war für Claire mit Erinnerung behaftet. Wenn Tess sie hätte zwingen wollen, irgendetwas davon abzugeben, würden sie niemals zu einer gütlichen Einigung kommen.

Sie holte tief Luft. Dann nahm sie das Handy, wählte die Nummer ihres Rechtsanwalts und erklärte ihm, dass sie an der Versteigerung des Café Bila nicht teilnehmen wolle. Im Moment zumindest nicht.

»Es wird sich schon noch etwas anderes finden«, tröstete sie sich und ihren Rechtsanwalt. »Ein Café bleibt mein Traum, und so schnell gebe ich ihn nicht auf. Nein«, antwortete sie dann auf die Frage ihres Gesprächspartners, »es wird wohl weiter schwierig bleiben, mich zu erreichen. Ich schätze«, fuhr sie mit einem Seufzer fort, »ich werde noch eine Weile hier bleiben. Vielleicht schaffen wir es ja doch noch – dass meine Schwester und ich uns irgendwann einigen.« Was aber nicht leicht sein wird, fügte sie in Gedanken hinzu. Sie verabschiedete sich und legte auf.

Als Tess zurück zur Farm fuhr, stand die Sonne schon hoch am Himmel. Vom Flur des Hauses aus hörte sie Meg in der Küche werkeln. Ein angenehmer Duft drang in den Flur und kündigte die nächste Mahlzeit an.

»Oh nein, das darf nicht wahr sein«, hörte Tess ihre Schwester im Büro sagen.

»Bitte nicht noch mehr Ärger«, sagte sie deshalb, während sie eintrat.

Claire saß am Schreibtisch und war weiß wie eine Wand. Wahrscheinlich hatte sie den Abtransport der Wolle am Morgen überwacht und seither noch kein Auge zugemacht. »Das … das darf niemand erfahren«, stammelte sie.

Die Worte jagten Tess einen jähen Schreck ein. Schlechte Nachrichten für Claire waren zwangsläufig auch schlechte Nachrichten für sie. »Was ist denn los?«

»Mach die Tür zu. Bitte«, antwortete Claire.

Tess gehorchte. Dann setzte sie sich ihrer Schwester gegenüber an den Schreibtisch.

Claire raufte sich die Haare und sah Tess an. »Ich habe gerade noch mal den Vertrag für das Termingeschäft angesehen.«

Tess lief es eiskalt über den Rücken. Mit welcher Hiobsbotschaft würde Claire sie nun überraschen?

»Wir …«, stammelte Claire. »Wir sind zu früh dran. Ich habe mich mit dem Termin um eine Woche vertan.«

Fast hätte Tess lauthals losgeschrien. Im letzten Moment hielt sie sich jedoch den Mund zu.

»Tess«, sagte Claire beschwörend. »Niemand darf erfahren, dass ich alle so getrieben habe. Für nichts und wieder nichts. Versprichst du mir das? Die halten mich sonst für den größten Idioten.«

Tess' Augen waren riesengroß. Jetzt aber brach sie plötzlich in unbändiges Lachen aus.

»Auch du machst also Fehler, Claire«, sagte sie und schnappte nach Luft.

»Es muss ein Geheimnis bleiben, Tess«, wiederholte Claire noch einmal beschwörend. »Ein Geheimnis zwischen uns.«

»Abgemacht. Ich glaube, es ist das erste Mal, dass du mir ein Geheimnis anvertraust.« Damit stand Tess auf und ging zur Tür. Bevor sie hinausging, grinste sie ihrer Schwester noch einmal verschwörerisch zu.

6. Kapitel

In der Gegend um Gungellan, den Ort, zu dem Drover's Run gehörte, gab es wenig Abwechslung. Daher galten das jährliche Rodeo-Reiten und der gleichzeitig stattfindende kleine Jahrmarkt schon als Sensation.

Mit einer Mischung aus Staunen und Amüsement ließ Tess sich von Alex über den Festplatz führen. Sie betrachtete die altertümlich wirkenden Wurfbuden und Schießstände und das vorsintflutlich anmutende Kettenkarussell.

»Vorsicht!« Alex fasste Tess plötzlich mit beiden Armen an den Schultern und hielt sie fest. »So etwas sind Sie aus der Großstadt wohl nicht gewöhnt?«, meinte er mit einem Lächeln.

Tess sah zu Boden. Ihr Fuß schwebte über einem riesigen Haufen Pferdeäpfel. »Zumindest nicht von Pferden. Und von Stadtkötern natürlich nicht in diesen Dimensionen.« Sie lächelte Alex an und machte einen Schritt über den Haufen hinweg.

Die meisten Rodeobesucher hatten sich wirklich fein herausgeputzt. Möglicherweise ist das hier eine Art

Kontaktbörse, schoss es Tess durch den Kopf. Jeder zeigt sich von seiner besten Seite. Auch Alex trug anstatt seiner üblichen Arbeitskleidung heute ein schwarzes, mit weißen Biesen besetztes Jeanshemd und einen hellen Hut. Für Tess war die Aufmachung dennoch etwas gewöhnungsbedürftig.

Während sie weitergingen, spürte Tess plötzlich Blicke im Rücken. Sie sah sich kurz um.

An einem der Wagen lehnte ein junger Mann. Mit seiner Jeans, seiner Cordjacke und einem Hut, den er offenbar täglich trug, unterschied er sich von den anderen Rodeo-Besuchern. Er sah Tess kurz an, dann verschwand er zwischen den Wagen.

»Ist etwas?«, fragte Alex.

»Oh nein, ganz und gar nicht«, antwortete Tess schnell und blickte wieder nach vorn. Sie hatte den jungen Mann nur einen kurzen Moment gesehen. Aber unsympathisch war er ihr nicht gewesen.

»Sind Sie vielleicht ein bisschen nervös?«, forschte Alex im Weitergehen.

Tess lächelte. »Sie meinen wegen Claire?«

»Sie hat sich immerhin eine Menge vorgenommen«, antwortete Alex.

Tess zuckte die Schultern. »Ich habe keine Ahnung«, gab sie zu.

»Na ja«, meinte Alex und sah Tess von der Seite an. »Aber so viel können Sie sich doch vorstellen: Dass es nicht leicht sein wird, in die Fußstapfen von Jack McLeod zu treten.«

Genau das war der Grund, warum Claire sich als Teilnehmerin zum Rodeo angemeldet hatte. Es hatte sich herumgesprochen, dass sie nicht nur ihre Cowboys gekündigt, sondern sich auch mit den Schafscherern überworfen hatte. Das Ende von Drover's Run sahen viele aus der Gegend unter ihrer Leitung deshalb nun noch schneller kommen. Claire wollte sich von dem Gerede aber nicht unterkriegen lassen. Im Gegenteil, sie wollte allen zeigen, dass sie etwas konnte und allein zurechtkam. Das Rodeo, vor allem die Disziplin des Viehtreibens, schien ihr dazu eine gute Gelegenheit zu sein.

Sie stand zwischen den Wagen und war gerade dabei, ihr Pferd Scirocco auf seine Aufgabe vorzubereiten. »Ruhig, ruhig«, sprach sie auf den Hengst ein, der nervös hin und her zu tippeln begann. »Letztes Jahr hast du es so gut gemacht. Zusammen mit Jack. Zeig ihnen, dass du jetzt mein Pferd bist.«

Der junge Mann, den Tess kurz zuvor gesehen hatte, kam in diesem Moment auf Claire zu. »Hallo, Nick«, begrüßte sie ihn.

»Hallo, Claire. Du willst es also wirklich wissen?«, fragte er und deutete mit dem Kopf auf Scirocco.

Claire antwortete zunächst nicht. Sie holte ihren Sattel von der Ladefläche des Pick-ups und schob ihn über den Rücken des Pferdes. »Mir bleibt keine andere

Wahl«, antwortete sie schließlich. »Alle sagen: Claire McLeod schafft es nicht allein.«

»Und jetzt willst du beweisen, dass du so gut bist wie er«, ergänzte Nick.

»Ich muss es beweisen«, erklärte Claire mit Nachdruck. »Weil es einfach so ist.«

Nick sah ihr eine Weile schweigend zu. »Einen anderen Weg, Drover's Run weiterzuführen, siehst du nicht?«

Claire drehte sich zu ihm um. »Was wäre denn ein anderer Weg?«, entgegnete sie. »Dich zu heiraten?«

»Unsere Väter hatten die Sache unter sich schon so gut wie ausgemacht«, antwortete Nick mit einem Grinsen.

Auch Claire musste lächeln. »Und wo die Weiden der Farmen ja ohnehin aneinander stoßen ... Das hätte den beiden gut gepasst.«

In diesem Moment erklang die Stimme eines Ansagers aus dem Lautsprecher. Sie verkündete den baldigen Beginn des Rodeos, und sofort setzte sich das bisher zwischen den Wagen und Buden umherstreifende Publikum in Bewegung, in Richtung des durch Zäune abgesperrten Reitplatzes.

Auch Tess und Alex folgten der Menge. Und kurz darauf schoss der erste Reiter auf seinem wilden Pferd in die Arena.

»Das ... das ist ja unglaublich!«, rief Tess begeistert

aus, während das Pferd bockte, ausschlug und mit allen Mitteln versuchte, seinen Reiter abzuwerfen. »Dass die so springen können!«, fuhr sie fort, während sie sich zu Alex umdrehte. »Äh … ist was?«

Alex machte merkwürdige, ruckartige Kopfbewegungen. Etwa so, als versuchte er, einen verknacksten Hals wieder einzurenken. Oder als wollte er einen ungeliebten Besucher verscheuchen.

Unwillkürlich drehte Tess sich um. Vor ihr stand jetzt ein junger Mann in einer Cordjacke. Derselbe Mann, der sie beobachtet hatte, als sie mit Alex über den Festplatz gegangen war.

»Willst du mich nicht vorstellen, Alex?«, fragte er.

Alex verzog kaum merklich das Gesicht, so dass Tess davon nichts mitbekam. »Das ist mein Bruder Nick«, sagte er. »Nick Ryan.«

Tess sah zwischen den beiden Männern hin und her. »Oh, ich wusste nicht, dass Alex einen Bruder hat.«

»Warum nicht?«, meinte Nick und grinste. »Das kommt in den besten Familien vor.«

Tess streckte ihm die Hand entgegen. »So etwas Ähnliches könnte ich auch sagen. Ich bin Tess Silverman«, antwortete sie. »Die Schwester von Claire McLeod.«

Die Zeit bis zum Mittag verging wie im Flug. Tess hätte nie gedacht, dass sie an einem Rodeo so viel Spaß haben könnte – auch wenn das Ganze eine

Super-Macho-Show war, wie sie Nick und Alex gegenüber feststellte. Sie merkte jedoch schnell, dass die Brüder ihr nicht unbedingt zustimmen wollten. Das wurde Tess erst so richtig klar, als Alex selbst als Rodeo-Reiter auf einem wilden Pferd in die Arena ritt. Erst jetzt fiel ihr auf, dass auch die merkwürdige Kleidung zum Rodeoreiten dazugehörte.

Das Gungellan Hotel war das einzige Lokal des Ortes. Es war ein einfacher Pub, der das ganze Jahr über vor allem Stammkundschaft aus der Gegend oder auch die von Farm zu Farm fahrenden Hilfsarbeiter bediente. Beim jährlichen Rodeo wurde das Hotel zu einem Zentrum des »gesellschaftlichen Lebens« der Umgebung. Die angereisten Teilnehmer übernachteten üblicherweise in Zelten, in ihren Wagen oder gleich im Freien, bei ihren Pferden, und nahmen ihre Mahlzeiten durchgehend im Pub ein. Brian, der Wirt der Kneipe, ein seriös auftretender Mann Ende fünfzig, machte in dieser Zeit die besten Umsätze. Becky, die auch hier im Pub arbeitete, hatte anlässlich des Rodeos offenbar ihre knappsten Klamotten angezogen und ließ sich von den Gästen bereitwillig einen Drink nach dem anderen ausgeben. Zum Dank sparte sie dafür nicht mit Freizügigkeiten.

Tess kam zum ersten Mal hierher und blickte sich fasziniert um. Dem Treiben an der Theke schenkte sie kaum Beachtung.

»Lass die Finger von ihr«, hörte sie im Vorbeigehen eine Stimme sagen, die ihr bekannt vorkam. Terry Dodge, der Mitarbeiter von Harry Ryan und Megs Freund, redete eindringlich auf einen jungen Mann ein, der seinen Blick auf Becky geheftet hatte. »Ich sage dir, lass die Finger von ihr. Die ganze Stadt hat sie schon gehabt …«

Gerade stand Tess vor der großen Tafel, auf der die Speisen des Pubs angeboten wurden. Es gab Steak in allen Variationen: Steak Diane, Steak mit Pilzen, Steak natur …

»Ich würde das Steak nehmen«, sprach sie jemand von der Seite an.

Tess sah auf. Es war Nick, der sie angrinste. »Damit ist man immer auf der sicheren Seite«, setzte er nach.

Tess musste lachen. Das war genau der richtige Humor, der ihr gefiel. »Ich habe auch schon darüber nachgedacht«, gab sie lächelnd zu. »Kommen Sie öfter hierher?«, fragte sie dann.

Nick sah sie einen Moment länger an, als für eine Antwort auf eine so simple Frage nötig gewesen wäre. »Ab und zu«, sagte er schließlich. Und sein Lächeln war so charmant, wie Tess es zuletzt nur in Melbourne gesehen hatte.

Sie setzten sich gemeinsam an einen Tisch. Das Gungellan Hotel war nun brechend voll, und es war nicht leicht, in dem Gewühl die Übersicht zu behalten. Tess bekam zwar mit, dass der Tisch schräg hinter ihr und Nick ebenfalls besetzt wurde, aber sie sah nicht, wer dort Platz genommen hatte.

Während Tess ihr Besteck aus ihrer Serviette wickelte, biss sie sich auf die Lippen. Sie musste durchaus mit sich ringen. Trotzdem schien ihr dieses unverhoffte Mittagessen mit Nick eine Chance zu sein. »Sind eigentlich alle Farmen hier so groß wie Drover's Run und Killarney?«, wollte sie wissen.

Nick schnitt bereits sein Fleisch. Er warf ihr einen kurzen musternden Blick zu. »Die meisten jedenfalls. Ein paar größere wurden allerdings auch aufgeteilt und an Hobbyfarmer verkauft«, antwortete er.

Tess nickte verständig. »Und … und wie verkauft sich so etwas?«

Nick wiegte den Kopf. »Die kleinen Grundstücke? Mäßig …«

»Und wie sieht es mit größeren Anwesen aus?« Tess konnte diese Frage einfach nicht unterdrücken. »Verkaufen sie sich schnell? Oder muss man lange nach einem Käufer suchen?«

»Das hängt von verschiedenen Faktoren ab«, gab Nick ausweichend zur Antwort. »Aber gutes Land verkauft sich eigentlich immer.«

»Wenn der Preis stimmt«, fügte Tess hinzu.

Jetzt lächelte Nick sie wieder charmant an. »Ja, genau. Wenn der Preis stimmt«, bestätigte er.

Leider hatte Nick nach dem Essen zu tun. Er begleitete Tess nach draußen, dann verabschiedete er sich.

»Na, habt ihr euch gut unterhalten?«

Claire war wie aus dem Nichts neben Tess aufgetaucht. »Wo … wo kommst du denn her?«, fragte Tess nervös.

»Von wo wohl? Von drinnen.« Claire deutete mit dem Kopf auf das Durcheinander im Pub.

»Ich habe dich gar nicht gesehen.«

»Wie auch?«, entgegnete Claire. »Mit dem Hinterkopf kann der Mensch nun mal nicht sehen.«

Tess verdrehte insgeheim die Augen. Sie hätte sich besser während des Essens einmal umdrehen sollen, um zu sehen, wer hinter ihr am Tisch Platz genommen hatte.

»Ach, es ging um nichts Besonderes. Worüber man eben so redet …« Tess versuchte eine möglichst unverfängliche Antwort zu geben. Claire sah ihre Schwester jedoch aufmerksam an. »Zufällig auch über Immobilien?«

Sie hat uns nicht nur gesehen, sie muss unser Gespräch auch gehört haben, schoss es Tess durch den Kopf. »Claire, ich wollte nur …«

»Es ist noch überhaupt nichts entschieden«, fuhr Claire jetzt auf, »und du posaunst Dinge heraus, die …«

»Ich habe kein Schweigegelübde abgelegt«, fiel Tess ihrer Schwester trotzig ins Wort.

» … die niemanden etwas angehen. Nick genauso wenig wie Alex. Und schon gar nicht Harry, ihren Vater.«

Ein lautes Knacken erfüllte die Luft. »Ladys und Gentlemen«, ertönte die Stimme des Ansagers aus dem Lautsprecher, »wir nähern uns nun dem Startschuss für das offene Bullenreiten. Offenes Bullenreiten in fünf Minuten«, wiederholte die Stimme. »Und auch danach geht es spannend weiter. Mit dem offenen Viehtreiben …«

Claire horchte auf. »Ich muss jetzt gehen. Ich bin gleich dran.« Damit ließ sie Tess vor dem Gungellan Hotel allein zurück.

Um sich auf das nun Kommende vorzubereiten, brauchte Claire jetzt noch etwas Zeit. Zeit für sich und Scirocco. Sie führte den Hengst ein wenig abseits vom Getümmel, band seine Zügel lose um ein halbhohes Gatter und strich mit der Striegelbürste über sein glänzendes Fell.

Aus dem Sack mit der Ausrüstung holte sie nun ein altes Hemd hervor. Sie hielt es Scirocco unter die Nüstern. Der Hengst schnupperte daran. Dann warf er den Kopf ein wenig in den Nacken und wieherte leise.

»Du erkennst den Geruch wieder, nicht wahr?«, sagte Claire zärtlich. »Du kennst ihn gut. Ja, das ist ein altes Hemd von Jack«, fuhr sie fort, während sie nun mit dem

Hemd über den Hals und die Flanken des Pferdes strich. »Keine Sorge, er ist bei uns«, redete sie ruhig auf den Hengst ein. »Und er wird immer bei uns sein.« Sie horchte ihren Worten einen Moment nach. Und in ihrem Inneren war sie sich nicht sicher, für wen sie diese Worte eigentlich gesagt hatte. Für Scirocco – oder für sich selbst.

Nur kurze Zeit später war Claire an der Reihe. Scirocco tänzelte aufgeregt hin und her, und auch Claire hatte Mühe, ihre Atmung ruhig zu halten. Letztes Jahr war es Jack gewesen, der beim Viehtreiben den ersten Platz geholt hatte. Auf Scirocco. Und dieses Jahr ... Mit einer hektischen Bewegung wischte Claire sich eine Haarsträhne aus der Stirn. Es war wie ein Vermächtnis. Wenn sie in diesem Jahr den ersten Preis holte, dann wäre es fast so, als sei Jack nicht tot – als sei er noch mitten unter ihnen ...

Der Schuss fiel, und Claire drückte ihre Fersen in Sciroccos Flanken. Die ersten zehn Sekunden spielten sich in einem abgezäunten Terrain ab, wo sie sich ein Tier aussuchte, das sie treiben wollte. In weniger als zehn Sekunden hatte Claire sich für einen jungen Bullen entschieden.

»Gatter auf!«, rief sie den Helfern am Tor zu.

Das Gatter schwang auf, und im Bruchteil einer Sekunde trieb Claire ihr Rind hinaus in die Arena.

Es ging nun darum, das Rind um einen abgesteckten

Parcours herumzutreiben. Zwei Pfosten waren in Form einer Acht zu umrunden.

In höchster Konzentration gab Claire dem Pferd ihre Kommandos. Und Scirocco gehorchte, als sei er nie im Leben von einem anderen Menschen als Claire geritten worden. Der leiseste Druck ihrer Fersen und Knie, das feinste Ziehen am Zügel – Scirocco parierte mit der Präzision einer beseelten Maschine.

»Ladys und Gentlemen«, vernahm Claire wie von Ferne die Stimme aus dem Lautsprecher. »Sie sehen, der Apfel fällt nicht weit vom Stamm. Das ist eben eine echte McLeod, die da im Sattel sitzt ...«

Claire gab wirklich ihr Bestes. Dreimal trieb sie das Rind über den Parcours, dann dirigierte sie es zusammen mit Scirocco zurück zum Ausgangspunkt.

»Tor auf!«, rief sie den Helfern zu, und das Rind rannte in das Gatter. Gleichzeitig erhob sich Jubel in der Menge. Erleichtert riss Claire die Arme in die Höhe. Dann wurde auch Scirocco anerkennend beklatscht und gestreichelt.

»Claire McLeod auf Scirocco«, verkündete der Ansager noch einmal ganz offiziell, bevor er die Wertung der Jury bekannt gab: »Dreiundzwanzig Punkte für das Treiben. Dreiundsechzig für die Arbeit am Pferd. Vier Punkte für den Kurs ...«

Damit hatte sie die bislang beste Wertung des Tages. Und es war klar, dass diese Leistung nur schwer zu überbieten sein würde. Im Finale war Claire damit nun auf jeden Fall, so viel stand fest.

»Gut gemacht, Claire! Super! Wow!«, rief eine Stimme zu ihr herüber. Claire drehte den Kopf.

Es war Tess, die ihr aus Leibeskräften zujubelte.

Einen Moment lang fragte sich Claire, ob das nun schwesterliche Solidarität war oder ob Tess aus Eigennutz handelte. Aber bevor Claire diese Frage für sich entscheiden konnte, wurde sie gebeten, abzusteigen und Scirocco beiseite zu führen.

Als Claire kurz darauf mit Scirocco zurück zu ihrem Platz kam, warteten die anderen schon auf sie.

»Das war wirklich klasse, Claire!« Jodi war begeistert. »Aber ich habe dir auch so die Daumen gedrückt, damit du nicht herunterfällst.«

»Ich hoffe, du weißt es zu schätzen, Claire«, fiel Meg lachend von der Seite ein. »Jodi hat für dich den Finger krumm gemacht. Wenn sie das für mich nur auch einmal täte!«

Alex klopfte Claire kumpelhaft auf die Schulter. »Respekt, Claire, das hätte ich nicht gedacht. Echt, ziemlich gut.«

Claire grinste. »Für eine Frau – oder wie?«, ergänzte sie ironisch.

»Claire wirklich, du warst toll«, versuchte Tess sich ebenfalls einzuschalten. Die anderen umringten ihre Schwester derart, dass sie kaum eine Chance hatte, an sie heranzukommen. »Ich hätte nie gedacht, dass du …«

In diesem Moment übertönte sie eine dröhnende Stimme. »Tatsächlich, eine echte McLeod!« Harry Ryan trat an Scirocco heran und streichelte den Hals des Pferdes. »Hervorragendes Tier«, stellte er anerkennend fest. »Jacks alter Hengst. Du willst ihn nicht zufällig verkaufen?«

Allein der Gedanke durchzuckte Claire wie ein Dolchstoß. Sie zog den Kopf des Pferdes mit dem Zügel sanft zu sich heran. Dann lehnte sie ihr Gesicht an die Wange des großen, sensiblen Tiers. »Nie«, sagte sie. »Nie im Leben.«

Es war das erste Mal seit ihrer Pfadfinderzeit, dass Tess eine Nacht im Freien verbrachte. Claire hatte zwar schon angedeutet, dass sie während des Rodeos nicht nach Hause fahren würden, aber von einer Übernachtung im Freien war bis dahin nicht die Rede gewesen. Scirocco musste – wie alle Pferde des Rodeos – draußen übernachten, und natürlich wollte Claire in seiner Nähe sein. Für einen kurzen Moment dachte Tess daran, sich ein Zimmer im Gungellan Hotel zu nehmen. Nach Einbruch der Dunkelheit vernahm man aus dem Lokal allerdings nur noch lautes Grölen, und so hatte Tess beschlossen, die Übernachtung unter freiem Himmel als romantisch zu betrachten. Jetzt lag sie neben Claire – auf Matratzen gebettet und in Decken gehüllt – auf dem Boden.

Sie seufzte und drehte sich von der einen wieder auf die andere Seite. So romantisch die Sache auch sein mochte – es wollte ihr einfach nicht gelingen einzuschlafen. Wieder drehte sie sich um und zog dabei die Überdecke, die sie sich mit Claire teilte, ein Stück weiter zu sich herüber.

»Kannst du endlich mal aufhören, dich herumzuwälzen?«, fauchte Claire und zog die Decke mit einer energischen Bewegung wieder an sich heran. »Das hast du als Kind schon immer gemacht!«

»Hey, mir wird kalt!«, gab Tess zurück und zog ebenfalls an der Decke. »Ich will auch ein Stück.«

Im Handumdrehen entwickelte sich ein kleines Handgemenge, aus dem die Schwestern schließlich lachend zurück auf ihre Kissen sanken.

Tess wartete einen Augenblick. Sie sahen beide zu den Sternen, die von einem schwarzsamtenen Himmel auf sie herabfunkelten.

»Du hattest mir gar nicht gesagt, dass Scirocco Jacks Pferd war«, sagte sie schließlich. Die ganze Zeit war ihr dieser Gedanke im Kopf herumgegangen.

Anstatt darauf zu antworten, atmete Claire tief ein.

»Wie ist Dad gestorben?« Tess wusste, dass Claire die Hintergründe offenbar für sich behalten wollte. Trotzdem musste sie diese Frage wieder einmal stellen. »Ich weiß, es war ein Herzinfarkt, aber …« Sie wartete einen Moment, versuchte Claire Zeit zu lassen, die richtigen Worte zu finden. Worte, die über die medizinische Ursache weit hinausgingen. Worte, durch die der Mensch Jack McLeod noch einmal lebendig werden sollte; die das beschrieben, was er wirklich hinterließ. Eine letzte Spur seines Lebens …

Noch immer antwortete Claire nicht.

»Ich glaube, als Mom die Haare ausgingen, gab sie auf«, versuchte Tess nun ihrerseits sich zu öffnen. »Erinnerst du dich daran, was für hübsche Haare sie hatte? Bis dahin … bis dahin hatte sie Hoffnung gehabt und sich gegen die Unausweichlichkeit ihres Schicksals gestellt. Danach – hatte sie allen Mut verloren. Auch wenn sie versucht hat, es sich nicht anmerken zu lassen. Sie lächelte«, fuhr Tess fort. »Und trotzdem wusste ich, dass es zu Ende geht.«

Claire hatte ihren Blick noch immer in die Sterne gerichtet. »Hat es … hat es lange gedauert?«, fragte sie leise.

Tess nickte. Sie musste kurz schlucken. »Ja. Zu lange.«

»Warst du bei ihr?«

»Jeden Tag.«

Claire schien wieder in Schweigsamkeit zu versinken. Ihre Augen wanderten über den dunklen Himmel. »Dad war auf die oberen Weiden geritten«, begann sie dann aber unvermittelt. »Er wollte nachsehen, ob dort einzelne Rinder waren. Es gibt immer welche, die den Anschluss zur Herde verlieren, irgendwie«, schob sie ein. »Er kam lange nicht zurück. Länger als sonst. Ich habe mir zuerst nichts dabei gedacht«, berichtete sie, und ihre Stimme wurde rau. »Erst als es schon fast dunkel war, bin ich losgeritten, um ihn zu suchen.«

Tess drehte sich auf die Seite. Sie stützte ihren Kopf in die Hand und sah ihre Schwester an. In Claires Augen spiegelten sich die Sterne nun noch glänzender.

»Was ich zuerst gesehen habe, war Sciroccos Silhouette«, fuhr Claire fort. »Er stand auf der Hügelkuppe. Wie ein Schattenriss vor den letzten Strahlen der Abendsonne. Er bewachte ihn.« Claire schüttelte den Kopf, als wollte sie das Bild aus ihrem Gedächtnis vertreiben. »Ich hätte früher nach ihm sehen sollen.« Ihre Augenbrauen zogen sich schmerzhaft zusammen. »Ich hätte früher losreiten sollen …«

Tess' Hand rutschte vorsichtig zur Schwester hinüber und legte sich auf ihren Arm.

»Ich hätte früher losreiten sollen«, sagte Claire noch einmal.

Mit einem Mal schreckte Tess auf. Sie war eingeschlafen. Es mochten Stunden vergangen sein – oder vielleicht auch nur Minuten. Leises Weinen drang an ihr Ohr. Tess, die im Schlaf ihre Hand von Claire weggezogen hatte, fasste wieder nach der Schwester.

Aber Claire schlief. Ihre Atemzüge klangen tief und gleichmäßig.

Tess lauschte noch einmal einen Moment, dann schlüpfte sie aus ihren Decken und lief im Schein des Mondes in die Richtung, aus der das Weinen kam.

7. Kapitel

Sie konnte sich nicht erinnern, wann sie die Morgendämmerung jemals so herbeigesehnt hätte. Vielleicht würde das Licht des Tages helfen, Abstand zu den Vorgängen der Nacht zu gewinnen. Abstand für sie, Tess, vor allem aber für Becky, das Opfer.

Denn das Weinen, das Tess vernommen hatte, war von Becky gekommen. Tess fand sie, auf einer Schaukel sitzend, aufgelöst und mit tränenverschmiertem Makeup. Von heftigen Weinkrämpfen geschüttelt, erzählte Becky, sie sei vergewaltigt worden. Die Tat war wohl gerade erst geschehen, über die genaueren Umstände berichtete Becky aber nichts. Sie wollte Tess weder erzählen, wer der Täter war, noch wo das Verbrechen stattgefunden hatte.

»Die denken, jeder kann mich haben«, schluchzte sie, »aber das stimmt nicht. Ich suche mir die Männer aus. Ich suche sie mir aus …«

Mit größter Mühe überredete Tess Becky, zur Polizei zu gehen und die Vergewaltigung anzuzeigen. Noch bevor aber Constable Cook die Tür der Wache geöffnet hatte, war Becky weggerannt. Sie fürchtete, dass man ihr bei dem Ruf, den sie in Gungellan hatte, die Vergewaltigung ohnehin nicht glauben würde. Jeder würde sagen, sie habe es nicht anders gewollt.

Aus diesem Grund hatte Tess schließlich allein Constable Cook gegenübergesessen. Weil sie aber weder den Täter nennen konnte noch Beckys Namen nennen wollte, hatte sie schließlich unverrichteter Dinge wieder gehen müssen.

Claire war gerade dabei, ihre Sachen für die Nacht wieder zusammenzupacken. Scirocco hatte sein Frühstück bereits bekommen, und Claire und Tess wollten anschließend im Pub etwas essen.

»Vielleicht bringst du Becky dazu, zur Polizei zu gehen. Oder uns wenigstens zu sagen, wer es war«, sagte Tess zu Claire und schloss damit ihren Bericht über die Vorkommnisse der letzten Nacht.

Claire zuckte die Schultern. Sie kniete auf dem Boden und rollte unbeirrt eine Decke zusammen. »Ich denke, das ist wohl genau das, was sie nicht will«, stellte sie fest.

»Aber darin liegt doch das Problem«, entgegnete Tess. »Sie weiß gar nicht, was sie will. Sie braucht einen Rat. Und Ermutigung.«

»Die nächste Beratungsstelle ist hundertachtzig Kilometer entfernt, in Adelaide«, antwortete Claire, ohne von ihrer Beschäftigung aufzusehen. »Und wenn man es mal genau betrachtet – es stimmt, dass sie so gut wie jeden an sich heranlässt ...«

»Aber das gibt doch niemandem das Recht, sie zu vergewaltigen!«, fuhr Tess auf.

Jetzt sah Claire hoch. »Nein, natürlich nicht.« Sie erhob sich. »Aber bei Beckys Ruf – es ist tatsächlich so: Niemand wird ihr glauben. Und das weiß sie eben.«

»Soll das heißen, du willst ihr nicht helfen?« Tess sah ihre Schwester ungläubig an. Wie konnte man einem Mädchen in einer solchen Lage nicht zu Hilfe eilen? Tess konnte es einfach nicht glauben.

»Hör zu, Tess, es tut mir wirklich Leid, dass Becky vergewaltigt worden ist«, antwortete Claire fest, während sie die Decken zusammenzurrte. »Aber wenn sie selbst nicht zur Polizei geht, dann kann ich auch nichts für sie tun.«

Der Appetit auf ein Frühstück war Tess mittlerweile vergangen – nach dem Gespräch mit ihrer Schwester brauchte sie aber dringend einen Kaffee. Sie ging in den Pub, der schon wieder voller Frühstücksgäste war. An einem der Tische saßen auch Meg, Jodi und Terry. Sie unterhielten sich mit gedämpften Stimmen, und es schien, als wüssten Meg und Jodie vom Vorfall der vergangenen Nacht bereits. Möglicherweise hatten sie Teile des Gesprächs zwischen Tess und Claire mitbekommen.

Constable Cook, der am Tresen saß und Kaffee trank, sah auf, als Tess sich neben ihn stellte. »Guten Morgen«, sagte er. »Und? Gibt es Neuigkeiten von Ihrer Freundin?«

»Nein«, antwortete Tess einsilbig und schüttelte den Kopf. Der Pub war nun wirklich nicht der Ort, an dem sie dieses Thema weiter erörtern wollte.

»Wenn ich Ihnen irgendwie helfen kann …«, fuhr der Constable fort, ohne seinen Satz zu beenden. Gleichzeitig setzte er seine Mütze auf. »Sie wissen, wo Sie mich finden.« Damit verließ er den Pub.

Brian, der Wirt, schob Tess eine Tasse hin. »Kaffee?«, fragte er und schenkte ein, als Tess nickte. »Jetzt sind Sie erst so kurz bei uns und hatten schon mit der Polizei zu tun?«, fragte er charmant.

Tess gelang ein Lächeln. »Man sucht es sich nicht immer aus.« Eigentlich wollte sie einen Blick hinter Brian, in die Küche, werfen. »Ist Becky da?«

Brian zog überrascht die Augenbrauen hoch. »Becky? Wieso?«

»Ach, ich wollte sie nur kurz sprechen«, antwortete Tess und versuchte, ihrer Stimme einen gleichmütigen Klang zu geben.

Brian drehte sich um. Er schloss die offen stehende Schublade der Kasse, die hinter ihm stand. »Sie kommt heute später, hat sie gesagt. War ein langer Abend gestern«, sagte er.

»Gab es Probleme? Irgendwelche Prügeleien?«, forschte Tess nach. »Ist Becky mit jemandem nach Hause gegangen?« Im selben Augenblick bereute sie ihren Vorstoß.

Brians Augen wurden plötzlich schmal. »Warum? Hat sie irgendwas gesagt?«

»Oh nein, nein, nur so«, beeilte Tess sich zu versichern.

Brian lächelte sie an. Er hatte eine freundliche Ausstrahlung – eigentlich. Jetzt aber lag in seinem Blick etwas merkwürdig Hartes. »Hören Sie«, wandte er sich in vertraulichem Ton an Tess. »Mit Becky ist es nicht ganz einfach. Ich meine, ich mag sie gern, und ich gebe ihr eine Chance, hier bei mir im Pub. Aber ...« Er sah Tess fest in die Augen. »Mit dem, was sie manchmal so sagt ... Becky bleibt leider nicht immer ganz bei der Wahrheit ...«

Das Gespräch mit Brian war für Tess so aufschlussreich gewesen, dass sie nun auf direktestem Wege zu ihrer Schwester zurückkehrte. »Claire!«, rief sie schon von weitem.

Claire hatte gerade Scirocco zur Tränke geführt. Sie war dabei, sich auf die Finalrunde des Viehtreibens vorzubereiten. Darauf kam nun alles an. Wenn es ihr gelingen würde, den Sieg davonzutragen ...

»Ich weiß jetzt, wer es war!«

Claire sah ihre Schwester an. Tess war bleich. Claire brauchte einen Moment, um sich darauf zu besinnen, worum es eigentlich ging.

»Es war Brian. Brian hat Becky …« Tess brach ihren Satz abrupt ab.

»Was sagst du da?« Claire wusste nun wieder, wovon die Rede war. »Brian? Unmöglich«, stellte sie dann fest. »Ich kenne seine Frau.«

»Aber das … aber das heißt doch nichts«, entgegnete Tess. Sie wickelte ihre Jacke enger um den Körper. Der Morgen war nicht kühler als andere. Aber die fast schlaflose Nacht, Beckys Vergewaltigung sowie die Tatsache, dass ihr gerade der Täter unverfroren ins Gesicht gesagt hatte, dass man einer wie Becky ohnehin nichts glauben dürfe, ließen sie frösteln. »Er war es«, betonte sie noch einmal. »Der Zusammenhang ist einfach zu deutlich.«

Claire wand Sciroccos Zügel locker um einen Pfahl und befestigte sie. Tess betrachtete die miteinander verflochtenen Lederschnüre, die bei aller Schlichtheit Stabilität und Gediegenheit ausstrahlten. Ein typisches Utensil von Drover's Run. Seit Generationen wurden dort nur Dinge von vernünftiger Qualität und robuster Eleganz angeschafft.

Gerade dieser selbstverständliche Umgang mit Qualität und Beständigkeit hatte Claire und ihr möglicherweise eine gewisse Sicherheit gegeben, dachte Tess plötzlich. Becky dagegen hatte eine solche Erziehung nie genossen. Ein Mangel, der in ihr kein Gefühl für den eigenen Wert hatte aufkommen lassen und der sie jetzt daran hinderte, sich gegen das Unrecht, das ihr angetan worden war, zu wehren.

»Claire, wir können Becky jetzt nicht im Stich lassen«, redete sie auf die Schwester ein.

Claire sah sie an und gab sich Mühe, nicht ungeduldig zu wirken. »Tess. Es ist Beckys Angelegenheit. Sie muss entscheiden.«

»Sie kann aber nicht entscheiden. Weil ihr offenbar niemand zur Seite steht, der sie ermutigt ...«

Claire streichelte über Sciroccos Nüstern und seine Mähne und weiter über Bauch und Flanke. Das Pferd wieherte leise. Claires Stirn legte sich plötzlich in Falten, und sie strich noch mal über dieselbe Stelle. »Nanu, was ist denn los?«, fragte sie den Hengst.

Jetzt explodierte Tess. »Sag mal, ist dir dieses Pferd wirklich wichtiger als Becky?«

Claire atmete tief und zog die Augenbrauen hoch. »Im Moment ist mir Scirocco sehr wichtig«, gab sie zu und versuchte, ihre Stimme ruhig zu halten. »Wenn wir das Viehtreiben wirklich gewinnen, dann können wir den Leuten dadurch vielleicht endlich beweisen, dass ich Drover's Run auch ohne Jack führen kann.«

Mit einem Mal begann Claires Stimme zu beben. »Du hast doch überhaupt keine Ahnung!«, fuhr sie mit mühsam unterdrückten Tränen fort. »Du hast keine Ahnung, wie schwierig es ist, diesen Laden allein zu führen. Aber er ist eben meine Existenz … er ist mein Leben …«

Tess sah ihre Schwester an und sah zu, wie Claire ihr Gesicht hinter dem mächtigen Hals des Hengstes versteckte.

»Und Becky?«, sagte sie noch einmal leise. »Wie mag Becky sich fühlen?«

In diesem Moment ertönte wieder die Stimme aus dem Lautsprecher und kündigte das Finale des unmittelbar bevorstehenden Viehtreibens an.

Claire atmete tief durch. Sie strich Scirocco durch die Mähne und sah über seinen Rücken hinweg ihre Schwester an. »Gehen wir«, seufzte sie.

Meg wartete bereits. Sie stand hinter dem Rindergehege. Von hier aus ritten die Teilnehmer des Finales in die Startposition.

»Jodi kommt auch gleich«, rief sie den Schwestern zu, als Tess und Claire mit Scirocco am Zügel näher kamen. »Sie ist nur noch mal eben …«, deutete sie an und wies mit dem Kopf auf die Toiletten. »Ich glaube, Jodi und ich, wir sind fast aufgeregter als du«, sagte sie lachend zu Claire, die das Lächeln erwiderte.

Dann setzte Claire den Helm auf, der bei dieser Veranstaltung Pflicht war, und stieg in den Sattel.

»Im Finale des Viehtreibens«, ertönte jetzt wieder die Stimme des Ansagers über den Festplatz, »beginnt der Champion nach Punkten: Claire McLeod auf Scirocco.« Applaus brandete auf.

Meg sah mit einem ermutigenden Blick zu Claire hinauf. »Oh, Claire. Wenn Jack dich sehen könnte – er wäre stolz auf dich.«

Claire antwortete nicht. Sie räusperte sich und schluckte angestrengt.

»Meg hat Recht«, pflichtete Tess versöhnlich bei. »Bestimmt wäre er stolz auf dich.«

Claire schluckte noch heftiger. Warum unterstützte Tess sie trotz aller Auseinandersetzungen und Meinungsverschiedenheiten immer wieder? Unterstützung, nach der sie sich nur zu sehr sehnte …

»Mom! Mom! Claire!« Jodis Stimme drang in diesem Moment aufgeregt zu ihnen.

Die Frauen wandten die Köpfe und sahen Jodi, die sich durch die Menschenmenge drängte. Sie schien sichtlich aufgelöst und verängstigt.

»Die Jungs … die Cowboys … sie haben Becky geschnappt«, rief die junge Frau im Näherkommen. »Sie sind betrunken und lassen sie nicht mehr los!« Jodi berichtete weiter, dass Becky einem der Männer fünfzig Dollar geben wollte, damit er sie in Ruhe ließ. »Ob sie sich jetzt auch schon bezahlen lässt, oder woher sie plötzlich so viel Geld hat, haben die Jungs sie aufgezogen.« Jetzt brach Jodi in Tränen aus. »Brick, der junge Cowboy von Killarney, hat versucht, sie zu verteidigen. Aber sie haben ihn niedergeschlagen. Und was sie jetzt … was sie jetzt mit Becky vorhaben … Ihr müsst ihr helfen. Bitte! Bitte! Schnell!«

»Claire McLeod«, scholl es wieder aus dem Lautsprecher. »Claire McLeod bitte an den Start.«

»Ihr könnt sie jetzt nicht allein lassen«, bat Jodi weinend.

»Wo ist sie?« Claires Atem schien mit einem Mal zu stocken.

»Hinter den Tennisplätzen. Da bekommt niemand etwas mit, und …«

Claire ließ Jodi gar nicht erst ausreden. Sie wendete ihr Pferd, drückte die Fersen in seine Flanken und ließ kurz die Zügel spielen. Mit kraftvollen Bewegungen galoppierte Scirocco davon.

Hektisch sah Tess sich um. Dann stürzte sie auf einen Mann zu, der gerade neben seinem gesattelten Pferd stand. »Darf ich?«, fragte sie und nahm dem Mann die Zügel aus der Hand. »Ich bringe es gleich zurück.« Damit schwang sie sich in den Sattel und galoppierte ebenfalls los.

»Zweiter Aufruf für Claire McLeod«, klang es aus dem Lautsprecher, während Meg und Jodi den Schwestern hinterhersahen. »Claire McLeod an den Start bitte. Zweiter Aufruf …«

Es war bereits später Nachmittag, als die Frauen nach Drover's Run zurückkehrten. Das Rodeo hat ein wirklich unerwartetes Ende genommen, dachte Claire, während sie auf die Hütte zuschritt, in der zuletzt die Schafscherer übernachtet hatten.

Die Ereignisse der letzten Stunden kamen ihr fast schon unwirklich vor. Wahrscheinlich hätte sie das Viehtreiben gewonnen – wenn sie zum dritten und letzten Aufruf am Start gewesen wäre. Doch sie wurde daraufhin disqualifiziert. Aber das war plötzlich ganz unwichtig geworden.

Stattdessen hatte sie in dem Moment, als sie an den Start hätte gehen sollen, den Ort des eigentlichen Geschehens erreicht. Becky, die von einem besonders kräftigen Mann mit eisernem Griff festgehalten wurde, schrie aus Leibeskräften, während die anderen Cowboys, die ohnehin schon reichlich schwankten, weiter die Whiskeyflasche herumreichten.

Auf Scirocco war Claire in die Gruppe hineingeritten und hatte sie auseinander gesprengt, während Tess wenige Augenblicke nach ihr eintraf, Becky auf den Rücken ihres Pferdes hinaufzog und mit ihr davonritt.

Claire und Tess, die neuen Ritter der Tafelrunde, dachte Claire mit galligem Humor, während sie auf das weitere Paar Füße blickte, das neben ihr schritt. Ob sie sich mit Becky tatsächlich eine Prinzessin auf die Farm geholt hatten?

Es hatte sich herausgestellt, dass Brian Becky an diesem Morgen gekündigt hatte. Wahrscheinlich aus Rache darüber, dass sie sich überhaupt etwas hatte anmerken lassen. Er hatte ihr das Geld gegeben, das ihr zustand, und sie vor die Tür gesetzt. Aus diesem Grund hatte Becky dem Cowboy die fünfzig Dollar anbieten können, damit er sie in Ruhe ließ.

Claire stieß die Tür der Hütte auf. »Ich weiß nicht, wie die Schafscherer sie hinterlassen haben«, entschuldigte sie sich. »Aber hier kannst du erst einmal bleiben. Für den Anfang ... Und solange du willst.«

Sie traten ein. Die Hütte war tatsächlich alles andere als ein Nobelhotel. Leere Bierdosen standen auf dem Tisch, Aschenbecher mit Zigarettenkippen. An den Wänden hingen Pin-ups aus billigen Männermagazinen, und auf dem Boden lag ein zerbrochener Rasierspiegel.

Becky bückte sich und hob ihn auf. Sie strich mit dem Finger vorsichtig über die scharfen Kanten der Bruchstellen.

»Wenn du nachher herüberkommst«, sagte Claire und riss wie nebenbei ein paar Pin-ups von der Wand, »bekommst du auch noch etwas zu essen.«

Becky sah Claire an. Die ganze Zeit hatte sie geschwiegen. »Ich bin kein Sozialfall«, stellte sie jetzt fest. »Ich werde arbeiten. Für Kost und Logis.«

Claire schloss für einen kurzen Moment die Augen. Es fiel ihr nicht leicht, Becky die nun folgende Zusage zu machen, und sie wusste, dass es weitere Belastungen für die Farm bedeuten würde. »Ich werde dich bezahlen. Auch wenn es nicht allzu viel sein wird.« Sie nickte Becky noch einmal kaum merklich zu, dann wollte sie gehen.

»Claire?«, rief Becky sie im letzten Moment zurück.

Claire drehte sich um.

»Du hättest heute gewinnen können«, sagte Becky nur.

An diesem Abend gab es Eintopf in der Küche, den Meg wie immer liebevoll zubereitet hatte. Sie war gerade dabei, einen Teller für Claire zu füllen, als die junge Frau den anderen erklärte: »Becky wird für eine Weile bei uns bleiben und hier arbeiten.« Ihr war völlig klar, dass Meg nicht allzu erfreut über diese Mitteilung sein würde.

Andererseits wusste Claire genau, dass Meg ein wirklich großes Herz hatte. Und dass Becky ihr im Grunde Leid tat – selbst wenn sie keinen allzu günstigen Einfluss auf Jodi ausübte.

»Wie geht es ihr denn?«, erkundigte sich Tess. »Hat sie noch etwas gesagt?« Auch wenn Tess diese Entwicklung nicht vorausgesehen hatte – sie war froh, dass Claire Becky auf Drover's Run aufgenommen hatte. Im Stillen entschuldigte sie sich sogar bei ihrer Schwester dafür, dass sie ihr insgeheim Egoismus und Hartherzigkeit unterstellt hatte.

In diesem Moment hörte man Schritte in der Waschküche. Einen Augenblick später stand Becky in der Küche. Ihr Äußeres hatte sich sichtbar verändert. Anstatt der langen blonden Haare, die so anziehend auf Männer gewirkt hatten, trug sie nun einen stumpfen, verunglückt wirkenden Kurzhaarschnitt.

Meg, die gelernte Friseurin, schlug sich unwillkürlich die Hand vor den Mund, um vor Entsetzen nicht laut zu schreien.

»Ich … ich hatte nur eine Spiegelscherbe«, brach Becky das ratlose Schweigen in der Küche.

»Sieht … sieht aber super aus«, rang Tess sich nach einer Schrecksekunde zu einem Kompliment durch. »Ehrlich.«

»Danke«, war Beckys traurige Antwort. Dann nahm sie den Teller entgegen, den Claire ihr reichte.

Nach dieser Nacht erzählte man sich in Gungellan, dass es zu merkwürdigen Vorkommnissen gekommen sei. Es hieß, Terry Dodge sei nackt über die Straße zwischen Drover's Run und Killarney gerannt. Man hatte Meg gesehen, die im Auto hinter ihm herfuhr, die Lichter eingeschaltet, so dass Terry in all seiner Pracht zu sehen war. Sie lachte.

»Reicht es nicht langsam?«, hatte Terry wütend gefragt.

»Du hast doch gewettet!«, rief Meg ihm vom Auto aus zu. »Du hast gesagt, wenn mal irgendwann irgendjemand Mitleid mit Becky Howard haben sollte, dann würdest du mit nacktem Arsch durch die Stadt laufen.«

»Und?«, soll Terry gefragt haben.

»Claire hat Mitleid mit ihr gehabt.«

Terry hat Meg angefleht, ihn in Ruhe zu lassen. Die Antwort war nur: »Lauf weiter! Lauf weiter!«

8. Kapitel

Allem Anschein nach hatte sich Becky schnell auf Drover's Run eingelebt. Sie packte ordentlich mit an und konnte wirklich gut mit den Tieren umgehen. Darüber hinaus zeigte sie auch ein gewisses technisches Geschick. Sie konnte Zäune reparieren und wagte sich auch schon an kleinere Maschinen heran. Nicht zuletzt war sie eine gute Autofahrerin, was Claire besonders entgegenkam, denn in Pinnaroo war wieder eine Viehauktion. Claire hatte sich dieses Mal einen Truck geliehen, den Becky fahren sollte.

Die Tiere hatten sich problemlos verladen lassen. Nun sprang auch Roy auf die Pritsche des Pick-ups, und Claire hatte einen kurzen Moment das Gefühl, auf einem Betriebsausflug zu sein.

Alle kommen mit, dachte sie gut gelaunt.

Sie war fest davon überzeugt, heute für ihre Rinder einen guten Preis zu erzielen. Und das war ein erfreulicher Ausblick.

»Claire?« Bevor Claire die Ladeklappe verriegeln konnte, stand Tess neben ihr. Sie hatte einen Farmerhut aufgesetzt, den sie anscheinend irgendwo gefunden hatte. Sie sah zwar nicht gerade professionell damit aus, aber auf jeden Fall sehr attraktiv. »Claire, hast du Becky eigentlich mal gefragt, ob sie überhaupt mitkommen will? Vielleicht braucht sie einfach noch etwas Zeit – ich meine, bei so einer Auktion, da sind doch vor allem Männer …«

In diesem Moment steckte Becky ihren Kopf aus dem Fenster des Trucks. Sie hatte bereits hinter dem Lenkrad Platz genommen und thronte dort wie die Königin der Landstraße. »Sind wir so weit?«, rief sie Claire zu. »Kann es losgehen?«

Claire grinste ihre Schwester an. »Ich glaube, die Frage ist damit beantwortet«, meinte sie. Dann lief sie zu Fahrertür des Pick-ups, während Tess in den Truck stieg, um mit Becky mitzufahren.

Der Staub der heißen Straße wirbelte bis zur Fahrerkabine hinauf. Becky hatte das Radio aufgedreht und sang aus Leibeskräften mit.

»Ist was?«, fragte sie ihre Beifahrerin, denn Tess sah Becky schon eine Weile prüfend an. »Okay, ich singe nicht gerade wie Aretha Franklin.«

»Das macht mir nichts«, entgegnete Tess. »Ich wollte dich fragen …«, sie zögerte. »Ich dachte, du möchtest vielleicht mal reden. Erzählen, wie du dich so fühlst.«

Augenblicklich verdunkelte sich Beckys Miene. Ihre Augenbrauen zogen sich zusammen. Noch bevor sie antwortete, schüttelte sie kaum merklich den Kopf. »Nee«, sagte sie dann knapp. »Möchte ich nicht.«

Die Rinder drängten sich dicht aneinander und muhten aufgeregt. Verkäufer wie Kaufinteressenten lehnten über den Gattern und fachsimpelten über Zustand und Wert der zu verkaufenden Herde.

Bei der Viehauktion trafen sich so gut wie alle Farmer der Gegend. Neben Drover's Run war auch Killarney vertreten, allerdings nicht durch Harry Ryan selbst, sondern durch seine Söhne Alex und Nick, begleitet von einigen Cowboys. Auch Brick war dabei, der junge Mann, der versucht hatte, Becky zu verteidigen.

Die Versteigerung ließ sich gut an. Der Auktionator hatte alle Hände voll zu tun, denn die Farmer waren in Kauflaune. Claire lehnte über dem Gatter eines Verschlags und hörte gespannt zu. Es ging um ihre Herde. Die Tiere machten einen guten Eindruck, wie sie voller Genugtuung feststellte. Und entsprechend kletterte der Preis von Augenblick zu Augenblick in die Höhe.

»Eins fünf, eins fünf!«, rief der Auktionator. »Eins sechs. Na, höre ich mehr? Eins sechs, eins sieben.«

Claire spürte, wie sich ein Lächeln auf ihrem Gesicht breit machte.

»Eins sechs, eins sechs, eins sieben!« Der Auktionator deutete jeweils mit der Hand auf den Bieter des letzten Preises. »Hier drüben, eins sieben. Na, kommt noch was drauf? Eins sieben? Dann bleibt es dabei, eins sieben? Also gut! Eins sieben, zum ersten … zum zweiten … und zum dritten!« Ein Klatschen des Auktionators besiegelte den Verkauf.

»Und?«, fragte Tess. Sie stand neben ihrer Schwester und sah Claire aufmerksam an. »War das gut?«

Claire nickte. »Ziemlich gut«, strahlte sie.

»Das heißt?«, forschte Tess weiter.

»Fette Beute«, antwortete Claire. Sie stieß sich vom Geländer ab und lief zwischen den Gattern hindurch zu den Büros, die zum Viehmarkt gehörten.

»Soll ich eine Schubkarre für das Geld holen, oder bekommen wir einen Scheck?« Tess begleitete ihre Schwester, die fröhlich lachte. »Das wird sich gleich herausstellen. Wenn das Büro die Summe errechnet hat.«

»Aber jetzt sind wir doch reich, oder?«, wollte Tess wissen.

»Es gibt da noch die ein oder andere Rechnung zu bezahlen«, wich Claire aus. Allerdings behauptete sie auch nicht das Gegenteil. »Da vorne sind Nick und Alex«, meinte sie und deutete voraus.

»Hallo, guten Tag«, begrüßte Alex die beiden Schwestern.

»Und, wie geht's? Gibt es Neuigkeiten?«, ergänzte Nick.

»Allerdings. Claire hat eben ein super Geschäft gemacht. So ein richtig großes Ding«, erzählte Tess stolz.

Alex schaute die beiden Frauen interessiert an. »Oh! Tatsächlich?«

»Gratulation«, setzte Nick hinterher.

Claires Miene verfinsterte sich schlagartig. »Na ja«, sagte sie nur. »So gut nun auch wieder nicht. Ich muss weiter.« Mit einem unterkühlten Lächeln schnappte sie ihre Schwester am Arm und zog sie mit sich. »Tess! Unsere Geschäfte gehen niemanden etwas an!«, fauchte Claire wütend.

»Aber wenn es doch gute Geschäfte sind«, protestierte Tess. »Ich denke, die Leute sollen wissen, dass du die Farm auch allein gut führen kannst.«

»Das werden sie schon noch merken«, entgegnete Claire. »Verlass dich darauf.«

Sie waren jetzt vor den Büros angelangt. Auch der Truck stand hier. Jodi kam ihnen mit irgendeinem Snack in der Hand entgegen. »Hey, ihr beiden, wisst ihr, wo Mom ist?«

»Tut mir Leid«, antwortete Claire, während sie Tess losließ, um in eins der Büros zu gehen. »Aber ich wusste noch gar nicht, dass du sie so vermisst …«

Liebend gern hätte Tess ihre Schwester begleitet, um sich ihre Hälfte des Geldes direkt auszahlen zu lassen. Laut Testament von Jack McLeod gehörte ihr ja die Hälfte von Drover's Run – also auch die Hälfte des Erlöses aus dem Verkauf dieser Herde. Sie ahnte jedoch, dass Claire diese Idee alles andere als gut finden würde. Darum beschloss sie, erst einmal einen Kaffee trinken zu gehen.

Sie hatte sich gerade einen Cappuccino bestellt, als Jodi an den Tresen trat. Sie verdrehte die Augen zum Himmel und sah völlig genervt aus.

»Nanu?«, fragte Tess. »Was ist denn los?«

»Ich habe gerade die Mutter von Meredith Jennings getroffen«, erklärte Jodi. »Meredith hat sechsundneunzig Punkte in der Highschool-Abschlussprüfung erreicht. Und jetzt weiß sie nicht, ob sie Jura oder Tiermedizin studieren soll. So eine blöde Ziege, findest du nicht?«

»Einige Ergebnisse wurden also schon bekannt gegeben?« Tess war erstaunt. Sie wusste, dass Jodi auf ihre Resultate ebenfalls wartete. Ihrer Mutter hatte sie aber gesagt, es würde bis zur Bekanntgabe noch eine Weile dauern.

»Meredith kann es nie abwarten. Sie hat sich die Zensuren aus dem Internet geholt. Typisch. Die hat auch echt jede freie Minute mit Lernen verbracht!«

Tess konnte sich ein Grinsen nicht verkneifen. »Die Schule ist doch dazu da, dass man sich hinsetzt und lernt, oder?«

»Nur Streber sitzen ständig in der Bibliothek herum«, meinte Jodi selbstbewusst. »Ich muss mir alles nur einmal durchlesen, dann weiß ich Bescheid.«

Um Tess von ihrem Können zu überzeugen, gab Jodi einige Kostproben ihres Wissens preis und zählte aus dem Stegreif auf, wie viele Australier in diesem Jahr Oskars bekommen hatten und wie viele im Jahr davor. Wie die Differenz im Vergleich zu noch einem Jahr davor war und woran es liegen könnte, dass australische Filme immer seltener einen Preis erhielten. Tess schien wirklich beeindruckt von dieser Darbietung, und Jodi grinste zufrieden.

In diesem Moment wurde der Cappuccino auf den Tresen gestellt. »Danke!«, wandte Tess sich an die Bedienung und nahm ihren Becher an sich. »Wir sehen uns später, Jodi«, verabschiedete sie sich von Megs Tochter.

Mit ihrem Cappuccino-Becher in der Hand schlenderte Tess geruhsam über den Viehmarkt und sah sich dort in aller Ruhe um. Bei einer Herde Schafe blieb sie schließlich stehen. Sie war beileibe keine erfahrene Farmerin, aber dass diese dünnen Lämmchen kaum einen Käufer finden würden, sah sie auf den ersten Blick.

Auch der Auktionator schien von den Tieren nicht allzu überzeugt zu sein.

»Fünfzehn. Fünfzehn hatte ich mir eigentlich vorgestellt. Findet sich denn niemand? Für fünfzehn? Also gut, wie sieht es denn mit vierzehn aus?«

»Na, wer wird denn da so traurig gucken? Tun Ihnen die Schafe Leid?«

Alex und Nick standen plötzlich vor Tess, die sich freute, die beiden zu sehen.

»Ich kenne mich ja nicht aus«, gab Tess unumwunden zu. »Aber wer soll denn so einen traurigen Haufen kaufen? Die können sich ja kaum noch auf den Beinen halten.«

»Stimmt.« Alex stellte ein Bein auf den unteren Teil des Gatters. »Das tut man höchstens aus Verzweiflung«, stellte er fest.

»Stimmt, oder aus Mitleid, oder aus Blödheit«, meinte Nick grinsend.

»Echte Merinos«, ertönte die Stimme des Auktionators jetzt erneut. »Ein bisschen schlank, aber wenn man sie herausfüttert … Also, Leute, zwölf kann ich euch anbieten. Was ist mit zwölf Dollar?«

»Echte Merinos«, wiederholte Tess spöttisch. »Aber leider im Hungerstreik. Oder auf dem Weg zu einer Model-Karriere. Ob sie wohl Kate heißen und auch Drogen nehmen?«

Mit einem Mal wendete sich das Blatt. »Zwölf fünfzig«, verkündete der Auktionator. »Zwölf fünfzig – und dreizehn! Na also, wer sagt's denn? Ich wusste doch, dass ihr nicht dumm seid!«

Nick und Alex warfen sich einen viel sagenden Blick zu, und Tess sah ihnen an, dass sie die nun gebotenen

Preise für unakzeptabel hielten. Dennoch stieg der Preis weiter in die Höhe.

»Fünfzehn!«, rief der Versteigerer jetzt und war damit wieder bei seinem Einstiegsgebot. »Fünfzehn für eine Herde, in der noch viel mehr steckt …«

Neugierig beugte Tess sich ein Stück vor. Auch wenn es ihr egal sein konnte – sie wollte einfach wissen, welcher erfahrene Farmer so viel Geld für eine sichtbar heruntergekommene Herde bot. Sie traute ihren Augen nicht!

»Claire!«, stieß sie aus.

»Fünfzehn. Fünfzehn zum ersten, zum zweiten und zum dritten«, verkündete der Auktionator. »Die Herde geht an Claire McLeod!«

»Claire!«, rief Tess noch einmal verzweifelt. »Die Hälfte von dem Geld, das du in den Sand setzt, gehört mir!« Damit verabschiedete sie sich von den Brüdern Ryan und lief zu Claire, die schon auf dem Weg zu den Büros war.

»Kannst du mir bitte erklären, was du mit diesen magersüchtigen Schafen willst?«, stellte sie ihre Schwester zur Rede.

»Ganz einfach«, antwortete Claire ungerührt. »Ich füttere sie heraus und verkaufe sie mit einem ordentlichen Gewinn weiter.«

»Du hättest deinen Plan mir gegenüber mit einem Wort erwähnen können«, schmollte Tess. »Dann hätte ich mich nicht zusammen mit Nick und Alex so über die Viecher lustig gemacht.«

Auf Claires Gesicht strahlte der Besitzerstolz. Mit dem Ausdruck größter Zufriedenheit lenkte sie den Pick-up zurück nach Drover's Run. Meg saß an ihrer Seite. Sie war ausgesprochen gut gelaunt. Claire führte es darauf zurück, dass sie zusammen mit Terry den neuen Truck eines Kumpels besichtigt hatte. Für die Fahrerkabine hatten sich die beiden besonders viel Zeit genommen, während Jodi ihre Mutter überall gesucht hatte. Claire fragte sich, wie lange Meg ihre Beziehung zu Terry noch vor ihrer Tochter geheim halten konnte. Oder auch wollte. Claire sah eigentlich keinen Grund dafür. Dabei machte Jodi sich schon die größten Sorgen, weil ihrer Mom einfach kein Mann zu gefallen schien.

Im Rückspiegel sah Claire, dass Becky, die mit dem Truck hinter dem Pick-up fuhr, ihr ein Signal mit der Lichthupe gab. Gleichzeitig verlangsamte der Laster seine Geschwindigkeit.

»Was ist los?« Claire stoppte ebenfalls und stieg aus. »Pinkelpause?«

Becky kletterte bereits aus der Fahrerkabine. »Der Motor wird zu heiß«, erklärte sie, bevor sie unter den Wagen kroch.

Wenige Augenblicke später kam sie wieder hervor.

Claire hatte die Hände in die Seiten gestemmt und sah sie erwartungsvoll an. »Und?«

Becky wischte sich die strubbeligen blonden Haare aus der Stirn. »Ein Riesenloch im Kühler. Unmöglich, den Schaden auf der Stelle zu beheben.«

Tess und die anderen waren nun auch hinzugekommen. »Und jetzt?«, wollte Tess wissen.

»Wir müssen uns über Funk beim Verleiher melden«, meinte Becky. »Wir brauchen einen Ersatz für den Truck.«

Claire schüttelte mit einer knappen Bewegung den Kopf. »Das wird nichts bringen«, stellte sie fest. »Ich hatte schon Glück, dass Gunther diesen für uns hatte.«

Trotzdem ging Becky zurück in die Fahrerkabine und schaltete den Funk ein. Sie mussten versuchen, einen neuen Truck zu bekommen. Was blieb ihnen für eine andere Möglichkeit?

Wenige Minuten später kam sie zurück. »Es gibt keine weiteren Laster«, erklärte sie. »Gunther weiß auch nicht, wie er uns helfen kann.«

Claire runzelte die Stirn, blickte die anderen aber entschlossen an. »Es gibt nur einen Weg«, erklärte sie entschieden und begann die Verriegelungen der Transportfläche zu öffnen. »Runter mit den Viechern. Wir müssen sie zur Farm treiben.«

»Sind die Schafe nicht ein bisschen zu schwach für den langen Marsch?«, fragte Meg nachdenklich, sobald sie die ersten Tiere erblickte. »Es ist doch ein ziemliches Stück bis Drover's Run. Ob die das überhaupt schaffen?«

Claire hätte es zwar nie zugegeben, dennoch teilte sie Megs Befürchtung. Sie nahm die schwächsten Tiere an der Rückenwolle auf und setzte sie auf die Ladefläche des Pick-ups. »Becky, du bringst diese Tiere mit dem Pick-up zur Farm«, befahl sie. »Und die anderen ... die anderen treiben wir heim.«

Tess hatte die ganze Zeit nachdenklich an einem Strohhalm gekaut. »Und wenn sie es nicht schaffen?«, fragte sie ihre Schwester. Der Zweifel war ihr deutlich ins Gesicht geschrieben.

Claire drehte sich zu ihrer Schwester um. »Sie müssen es schaffen!«

Es gab tatsächlich keine Alternative. Claire, Tess, Meg und Jodi machten sich auf, die Herde zu Fuß nach Hause zu treiben.

»Mann, sind die langsam«, stöhnte Jodi. »Da kommt man ja mit Schnecken schneller vorwärts.«

Jodi hatte noch nie einen Hehl daraus gemacht, dass ihr Farmarbeit nicht sonderlich zusagte. Sie konnte es kaum erwarten, endlich wieder zurück in die Stadt zu kommen. Allerdings hatte sie sich noch nicht festgelegt, wie es dann weitergehen sollte.

»Wenn du willst, können wir nachher gemeinsam deine Prüfungsergebnisse aus dem Internet abrufen«, sagte Tess, um Jodi auf andere Gedanken zu bringen. »Du bist doch sicher neugierig, oder?«

Aber Jodi winkte ab. »Ach, das lohnt sich nicht. Die Sache ist gelaufen. Und außerdem – so was tun doch nur Streber.«

»Was tun nur Streber?« Meg war die ganze Zeit neben Claire gegangen. Jetzt lief sie plötzlich neben Tess und Jodi.

»Die Prüfungsergebnisse aus dem Internet abrufen«, erklärte Tess. »Die stehen da nämlich drin, und Jodi muss nur …«

»Was?«, rief Meg überrascht aus. »Die Ergebnisse stehen im Internet? Warum hast du davon noch nichts gesagt?« Sie wurde so laut, dass einige Schafe erschreckt aus der Herde ausbrachen und hektisch querfeldein liefen. Meg erntete dafür einen strafenden Blick von Claire. Roy hatte die Ausbrecher jedoch schnell wieder beisammen und trieb sie zurück.

»Können wir uns vielleicht auf unsere Arbeit konzentrieren?«, forderte Claire ihre Helferinnen säuerlich auf.

»Bin ich froh, wenn ich keine Schafe mehr sehen muss«, stöhnte Jodi. »Ich kann es kaum erwarten!«

Je länger der Marsch dauerte, umso nervöser wurde Claire. Eines der Schafe verendete sogar auf der Strecke. Ohne viele Umstände zu machen, packte Claire das Tier und warf es in den Straßengraben.

»Tess, du darfst nicht so dicht hinter ihnen herlaufen«, wies sie ihre Schwester an, als sie weitergingen. »Und Jodi, hör auf, so mit den Armen herumzufuchteln. Es heißt Schafe treiben – nicht Schafe scheuchen.«

Jodi seufzte nur. Sie schob die Hände demonstrativ in die Hosentaschen und stolperte unlustig weiter.

»Claire?« Tess trat an ihre Schwester heran. Sie bemühte sich, mit ihr Schritt zu halten. »Ich reite nicht gern auf Fehlern herum. Aber ...«

»Aber was?«, fiel Claire ihr ins Wort. »Du findest, ich habe einen Fehler gemacht?«

Tess zuckte vorsichtig mit den Schultern. »Zumindest könnte man sagen: Du hast eine schlechte Wahl getroffen.«

»Oh, Tess«, stöhnte Claire entnervt und ärgerlich. »Komm mir jetzt bitte nicht mit so etwas.«

Der Weg schien nicht kürzer, sondern immer länger zu werden. Schier unendlich zog sich die Straße durch das Hügelland. Drover's Run war noch immer Meilen entfernt. Seitdem sie den Truck verlassen und zu Fuß weitergegangen waren, hatte es zudem keinen Tropfen Wasser gegeben, weder für die Schafe noch für die Frauen.

Irgendwann hörte man ein Motorengeräusch. Kurz darauf hielt der rote Pick-up der Killarney-Farm neben den Frauen.

»Hi, Claire!« Alex beugte sich aus dem Fenster und

lächelte die Kollegin breit an. »Wie geht's? Kleiner Nachmittagsspaziergang?« Alex' Humor war nicht ganz so ausgefeilt wie der seines Bruders. »Da hinten sind ein paar Nachzügler«, fuhr er fort und deutete mit dem Daumen zurück. »Ich würde sagen, die Tiere brauchen eine Pause. Besonders die, die tot im Graben liegen.«

Claire zog es vor, nicht zu antworten. Tatsächlich waren dem ersten toten Schaf noch zwei weitere gefolgt.

Jetzt beugte sich Nick, der am Steuer saß, ein Stück vor, um Claire besser sehen zu können. »Sollen wir unseren Truck holen?«, bot er an. »Für das letzte Stück?«

Claire, die mit in die Hüften gestützten Händen zugehört hatte, stellte sich kerzengerade auf. »Nicht nötig, vielen Dank. Wir sind gleich da.«

»Na, eine kleine Strecke ist es schon noch«, gab Nick zu bedenken. »Wollen Sie vielleicht mitfahren, Tess?«

Am liebsten hätte Tess »Ja!« gerufen. Sie war durstig und verschwitzt, und ihre Füße spürte sie schon seit Stunden nicht mehr. »Nein, danke«, lehnte sie aber dennoch mit einem Seitenblick auf Claire ab.

»Vielleicht ein anderes Mal«, schlug Alex vor.

Nick grüßte noch einmal, dann gab er Gas.

Es war bereits später Nachmittag, als die Frauen mit der Herde Drover's Run erreichten. Sie trieben die Schafe in den vorbereiteten Pferch und führten sie an die Tränke. Becky, die schon seit einer ganzen Weile auf der Farm war, brachte eilig Futter herbei.

»Erste unter der Dusche!«, rief Tess erleichtert, als sie das Gatter hinter den Schafen schloss.

»Wir sind noch nicht fertig«, erwiderte Claire. Auch sie wirkte müde und abgespannt.

»Ach komm, Claire!«, brach es aus Tess heraus. »Wir brauchen eine kurze Abkühlung …«

»Dich hat überhaupt niemand gefragt!«, antwortete Claire bissig. Dann wandte sie sich an Becky und Jodi, so als sei Tess gar nicht da. »Jodi, sieh zu, dass sie fressen. Notfalls schiebst du es ihnen ins Maul. Becky, du kommst mit mir. Wir sammeln die toten Tiere ein.« Schnell ging sie zu dem Pick-up, setzte sich hinter das Lenkrad und fuhr los, sobald Becky eingestiegen war.

Nach einer ausgiebigen Dusche und einem kleinen Imbiss fühlte Tess sich wieder viel wohler. Wie versprochen, schaltete sie noch im Bademantel den Computer ein, um mit Jodi zusammen die Prüfungsergebnisse abzurufen. Meg war mit ins Büro gekommen und sah erwartungsvoll auf den Bildschirm, während Jodi nervös an den Fingernägeln kaute.

»Also, Mom«, meinte sie, »sechsundneunzig Punkte wie Superhirn Meredith – damit solltest du bei mir nicht rechnen.«

»Natürlich nicht, Jodi«, antwortete Meg, während sie gespannt die Vorgänge auf dem Bildschirm verfolgte. »Ich rechne eigentlich mit neunundneunzig.«

»Mom …!«, seufzte Jodi.

»Nein, Liebling, natürlich nicht.« Meg wollte Jodi nur ein wenig auf den Arm nehmen. »Es ist egal, was für Ergebnisse du hast – solange ich weiß, dass du dir Mühe gegeben hast.«

Jodi seufzte wieder leise.

»Jetzt brauche ich dein Passwort, Jodi«, schaltete Tess sich vom Schreibtisch aus ein.

»Mein Passwort?«, wiederholte Jodi. »Mein Passwort … oh, das hatte ich mir auf einen Zettel geschrieben«, antwortete sie dann, und ihre Stimme klang ein kleines bisschen unsicher. »Und diesen Zettel, also, den … den habe ich leider verloren.«

Meg sah ihre Tochter fassungslos an. Sie konnte es nicht glauben. »Verloren? Sechs Jahre lang bist du auf diese Schule gegangen – und jetzt hast du einen so wichtigen Zettel verloren?«

In diesem Moment betrat Claire das Büro. Ihr Top war verschmiert, und die Haare hingen ihr wirr ins Gesicht. Sie hatte mit Becky zuerst die toten Schafe eingesammelt und auf der Farm deponiert, bis sie abgeholt wurden. Danach mussten vor allem die lebenden Tiere versorgt und betreut werden, damit sie nicht weitere Verluste erlitten.

Sie betrachtete die Szene um den Schreibtisch einen Augenblick lang, dann verließ sie mit einem unwilligen Laut ihr Büro.

Sofort stand Tess auf und folgte ihrer Schwester in die Küche. »Es geht um die Abschlussergebnisse«, sagte sie mit bittender Stimme. »Kannst du dich noch daran erinnern, wie wichtig die sein können? Dass man dafür etwas anderes liegen lässt ...«

Claire öffnete den Kühlschrank. Sie hatte noch nichts gegessen. »Nein, ich erinnere mich nicht«, antwortete sie mürrisch. »Ich war nicht bis zur Zwölften auf der Schule. Ich bin mit fünfzehn abgegangen.«

Tess stutzte. Sie war selbstverständlich davon ausgegangen, dass Claire einen Highschool-Abschluss hatte. Und vielleicht auch sogar noch mehr – dass sie studiert hatte, Betriebswirtschaft oder Landwirtschaft zum Beispiel.

»Aber auf einer Berufsschule – auf einer Berufsschule wirst du doch gewesen sein«, hakte Tess nach.

Claire lachte. »Ich war hier und habe gearbeitet. Da habe ich mehr gelernt als in jeder Berufsschule.«

Tess konnte das soeben Gehörte kaum glauben.

»Du arbeitest hier, seit du fünfzehn bist?«, fragte sie.

Jetzt machte Claire den Kühlschrank wieder zu, ohne sich etwas Essbares herausgenommen zu haben. Sie sah ihre Schwester an. Nicht verbittert, nicht verärgert – sondern mit einem Ausdruck der größten Selbstverständlichkeit. »Ich arbeite hier, seit ich laufen kann«, sagte sie. »Das hier ist kein Job, Tess«, sagte sie eindringlich. »Es ist mein Leben.«

9. Kapitel

Am nächsten Tag sah die Welt schon wieder anders aus. Das fand zumindest Tess. Obwohl sie nie eine Frühaufsteherin gewesen war, begann sie allmählich die morgendliche Stimmung auf der Farm zu genießen. Sie mochte die kühle Frische des beginnenden Tages, wenn die Sonne alles in einen freundlichen, hellen Glanz tauchte. Dann musste man einfach glücklich sein, man konnte nicht anders.

Tess hatte in der Nacht, als sie nicht schlafen konnte, nachgedacht. Es stimmte, Claire arbeitete unglaublich viel. Aber vielleicht gab es einen Weg, sich selbst und den anderen die Arbeit auf der Farm etwas zu erleichtern. Ein anderer Umgangston wäre schon mal ein Anfang. Es war wichtig für Claire, auch auf Zwischentöne und Nichtausgesprochenes zu achten – bei sich selbst und bei den anderen. Vielleicht würde ja dann ein Gespräch über die Zukunft von Drover's Run einfacher werden.

Während Tess am Gatter lehnte, war Claire bei den Tieren in der Umzäunung. »Die Hufe sind nicht in Ordnung«, wandte sie sich an Meg, die neben ihr stand. »Die Schafe lahmen.«

»Das kann ich verstehen«, warf Tess grinsend ein. »Nach dem Weg gestern …«

Ohne auf Tess' Einwurf einzugehen, besprachen Claire und Meg die weitere Vorgehensweise. Die Tiere sollten mit einem speziellen Mittel behandelt werden, aber Tess konnte den Namen nicht verstehen.

Meg nickte zustimmend. Anscheinend war ihr vollkommen klar, was Claire meinte.

»Ich kann gern mithelfen«, bot Tess an, ohne zu wissen, worum es eigentlich ging. Aber wenn sie ihrer Schwester zeigen wollte, dass man mit Freundlichkeit und Höflichkeit weiter kam als mit Befehlen, musste sie mit gutem Beispiel vorangehen.

Claire achtete gar nicht auf sie. Sie wandte sich zu Becky um. »Becky, kannst du Ivomec vorbereiten?«

Becky war gerade dabei, neues Futter in den Trog zu legen. »Geht klar«, antwortete sie.

»Zehn Milliliter sollten genügen«, wies Claire sie noch an. Dann drehte sie sich um und ging mit Meg davon, während Tess ihr ratlos nachsah.

Tess brauchte eine ganze Weile, um Claire erneut ihre Loyalität zu beweisen. Dann aber setzte sie ihr freundlichstes Lächeln auf und ging zum Schafstall. Unter dem Vordach befand sich ein Arbeitstisch. Hier wurden Werkzeuge, Material für die Ställe und ein paar Hilfsmittel aufbewahrt, die bei der Arbeit mit den Schafen benötigt wurden. Becky hatte einen Kanister vorbereitet, den Claire sich nun mit Hilfe zweier Gurte auf den Rücken schnallte. In der Hand hielt sie eine Spritze, die durch einen Schlauch mit dem Kanister auf ihrem Rücken verbunden war.

Tess trat zu ihrer Schwester. »Claire, hast du einen Moment Zeit?« Gleichzeitig wurde Tess bewusst, dass Claire nur ablehnen konnte. Zumal Becky noch bei ihnen stand. Die junge Frau erfasste die Situation jedoch sofort und verschwand mit einem kurzen »Okay«.

»Danke, Becky!«, rief Tess ihr freundlich hinterher. »Also«, wandte sie sich dann an Claire, die sie ein wenig verblüfft ansah. »Ich habe dich beobachtet. Und ich denke – also, versteh mich bitte nicht falsch –, ich denke, du könntest den Stil … den Stil deiner Mitarbeiterführung etwas verbessern.« Tess hörte selbst, dass sie etwas gestelzt klang. Vor allem angesichts der Tatsache, dass Claire und sie selbst mit ihren groben Schuhen weder auf poliertem Parkett noch auf glänzendem Marmorfußboden standen – sondern schlicht und einfach in Schafscheiße. »Ich finde, du solltest höflicher mit deinen Leuten umgehen und ihnen ein positiveres Feedback geben«, schloss sie.

Claire sah ihre Schwester verständnislos an. »Tess«, sagte sie dann. »Ich habe überhaupt keine Zeit für solchen Schnickschnack. Und außerdem: Es gibt doch jeden Abend Bier. Zum Lohn.«

»Oh, das haben die Männer bestimmt gern«, versuchte Tess ihrer Schwester nun gleich das so genannte »positive Feedback« zu geben. »Aber jetzt sind doch nur noch Frauen hier auf der Farm. Hast du mal darüber nachgedacht, dass Frauen ganz andere Vorlieben haben …«

Claire hatte schon während der letzten Momente Mühe gehabt, ihre Unruhe zu beherrschen. »Tess, ich kann jetzt wirklich nicht …«

»Okay, Claire, ich weiß, du kennst dich hier aus«, machte Tess eine neuen Anlauf. »Du kennst die Farm in- und auswendig, und du weißt, wann hier welche Arbeiten anfallen …«

»Stimmt«, fiel Claire ihr ins Wort. Sie wartete einen Moment. »Und jetzt lass mich diese Arbeiten bitte erledigen.« Damit schob sie Tess ein kleines Stück an den Schultern beiseite und ging hinüber zu den Schafen.

Tess sah ihr hinterher. »Als wenn man gegen eine Wand reden würde«, sagte sie zu sich. »Oder – nein! Meine Schwester ist eine Wand. Und zwar nicht nur aus Ziegelsteinen. Sondern ein echter Betonkopf.« Sie wandte sich um und stapfte wütend in die Küche.

Als sie dort eintraf, stand Jodi am Spülbecken. Sie starrte düster vor sich hin.

»Ist was?«, fragte Tess. Sie hatte im Moment keine allzu große Lust, sich wieder etwas über australische Oskargewinne oder ähnlich weltbewegende Themen anzuhören.

»Achtunddreißig«, antwortete Jodi tonlos.

»Achtunddreißig was? Erhöhte Temperatur?«

»Punkte. Mein Ergebnis«, antwortete Jodi kleinlaut.

»Von fünfzig?« Tess war noch in Fahrt von dem missglückten Gespräch mit Claire. »Oder von hundert?«, hakte sie nach – obwohl es eigentlich klar war.

Jodi nickte.

»Nun ja«, Tess versuchte fröhlich zu wirken. »Immerhin besser als achtundzwanzig.«

Jodi hörte kaum auf sie. »Mom wird total ausrasten.«

Erst jetzt begriff Tess, dass Jodi wirklich ein Problem hatte. »Das glaube ich nicht«, entgegnete sie und schaltete auf einen verständnisvollen Ton um. »Meg hat doch gesagt, dass es ihr egal ist. Solange du dich angestrengt hast.«

Jodi schüttelte den Kopf. »Das hat sie nicht ernst gemeint. Sie wird stinksauer sein.«

»Ach, Jodi, bestimmt kommt es nur darauf an, wie du es sagst«, versuchte Tess das Mädchen aufzuheitern. »Mach keine langen Worte sondern sei einfach ganz direkt. Komm, wir können es üben«, schlug sie vor, als sie sah, dass Jodi ihr nicht recht glaubte. Sie zog sie an den Küchentisch, und sie setzten sich einander gegenüber.

Tess überlegte einen kurzen Augenblick. »Also«, begann sie dann. »Ich habe eine Idee. Wenn sie gelingt, dann können wir zwei Fliegen mit einer Klappe schlagen. Du musst mir nur helfen.«

Als Claire an diesem Mittag zum Essen ins Haus kam, war das Esszimmer leer. Draußen auf der Terrasse war Tess gerade dabei, den schweren Esstisch zu decken, der sonst unverrückbar im Inneren des Raumes stand. Sie hatte eines der besten Tischtücher aufgelegt. Dazu hatte sie einen riesigen Blumenstrauß auf den Tisch gestellt, Limonade zubereitet und eine Flasche Wein aus dem Keller geholt.

Claire stürmte nach draußen. »Was zum Teufel …«

Tess unterbrach sie mit einem charmanten Lächeln. »Ich dachte, es wäre nett, wenn wir heute mal alle zusammen essen. Und im Freien. Komm, Claire«, sagte sie dann schnell, als sie sah, dass sich die Augenbrauen ihrer Schwester wieder einmal unmissverständlich zusammenzogen. »Setz dich hierhin.« Damit rückte sie ihrer Schwester den Stuhl heran.

Claire verdrehte die Augen. Dass kleine Schwestern nervig sein konnten, wusste sie aus ihrer Kindheit. Dass sich das aber niemals auswuchs, damit hatte sie nicht gerechnet …

Was nun begann, war ein Mittagessen, wie Claire es auf Drover's Run noch nie erlebt hatte. Meg hatte ausgezeichnet gekocht, wie immer, und Tess übernahm es, ein Tischgespräch anzukurbeln.

»Also«, begann sie, »ich dachte, wir sollten es uns mal ein bisschen schön machen. Das äußere Umfeld des Menschen beeinflusst ja auch das Innere, nicht wahr? Ich denke, wir sollten in dieser schönen Atmosphäre über ein paar Dinge reden. Uns richtig aussprechen und sozusagen reinen Tisch machen. Wie wäre das?«

Die Frauen blickten etwas unbehaglich drein. Jodi warf Tess Hilfe suchende Blicke zu.

»Claire, willst du nicht mal anfangen?«, forderte Tess ihre Schwester auf. »Willst du uns sagen, was gestern aus deiner Sicht falsch gelaufen ist?«

Ohne aufzusehen, säbelte Claire weiter an ihrem Fleisch herum. »Danke. Kein Bedarf«, knurrte sie.

Jetzt war Tess etwas aus ihrem Konzept gebracht. »Gut, vielleicht jemand anders? Möchte jemand anders etwas loswerden? Etwas, was auf der Seele liegt …«

»Na ja«, fing Claire jetzt doch zu reden an. »Also … Ich glaube, die Schafe haben Würmer.« Sie schob sich noch ein Stück Braten in den Mund. »Ich muss mir nachher mal den Kot ansehen«, schloss sie unter Megs beifälligem Nicken.

»Ehrlich gesagt, Claire«, fuhr Tess dazwischen, »ich hatte an etwas andere Themen gedacht.«

Claire sah ihre Schwester verständnislos an. »Das war aber etwas, das mir auf der Seele liegt.«

»Dann kann ich ja mal anfangen«, griff Tess zu ihrem letzten Strohhalm. »Also, als ich entjungfert wurde, das lief nicht allzu gut für mich. Der Mann, das war der Ex-Lover meiner Mutter. Er war viel älter als ich und er … also eigentlich war ich ihm völlig egal.«

Jetzt waren es Claire und Meg, die sich sichtbar unwohl fühlten. Auch Jodi rutschte zunehmend nervös auf ihrem Stuhl herum.

»Und ich … ich habe bei der letzten Wahl die Rechten gewählt«, begann Meg mit einem anderen Thema. »Aus Versehen. Ich fand, dass sie nicht in allem Unrecht hatten …«

»Kannst du dich erinnern, wie du dich gefühlt hast, als du in die Wahlkabine gegangen bist«, versuchte Tess auf sie einzugehen.

Jodi konnte nicht länger an sich halten. »Ich habe meine Abschlussprüfung verhauen«, schleuderte sie über den Tisch.

Meg, die eben in Gedanken noch bei der letzten Wahl war, blieb der Mund beinahe offen stehen. »Wie bitte?«

»Ich … ich habe sie versiebt. Achtunddreißig Punkte«, präzisierte Jodi zerknirscht. »Das kann ja mal passieren …«

Meg nahm ihre Serviette vom Schoß und legte sie auf den Tisch. Sie war völlig fassungslos. »Ich hoffe, ich habe mich verhört?«, forschte sie nach.

Jetzt verfinsterte sich Jodis Gesicht vollends. Sie sah zu Tess hinüber, während Becky sich so gut wie unbemerkt erhob und davonstahl. »Ich habe dir doch gesagt, dass sie kein Verständnis dafür haben wird«, flüsterte Jodi Tess zu. Damit knallte sie ihre Serviette ebenfalls auf den Tisch und rannte davon.

»Jodi! Einen Moment mal!«, rief Meg jetzt. Dann sprang sie ebenfalls auf und lief ihrer Tochter hinterher.

Claire, die sich gerade eine Scheibe Fleisch auf eine Brotscheibe gelegt hatte, nahm sich ein zweites Stück Brot. Sie machte sich eine Art Sandwich und stand langsam vom Tisch auf.

»Das ist ja ganz schön in die Hose gegangen«, meinte sie zu Tess und ging davon.

Während Becky und Claire nach dem etwas übereilt beendeten Essen wieder an ihre Arbeit gingen, blieben Meg und Jodi noch eine ganze Weile danach verschwunden. Anscheinend war es für Meg wirklich schwer, dass Versagen ihrer Tochter zu akzeptieren.

Ohne Meg, die Jodi ins Gewissen redete, musste Claire nun doch die angebotene Hilfe von Tess annehmen. Jedes einzelne Schaf bekam eine spezielle Kraftlösung. Damit die erforderliche Menge von den Tieren auch aufgenommen wurde, musste man ihnen eine Kanüle ins Maul schieben.

Irgendwann tauchte Meg mit bitterer Miene wieder auf.

»Und?«, fragte Claire, während sie das nächste Schaf zwischen ihre Knie klemmte.

»Sie hat keinen Finger gekrümmt, das hat sie zugegeben«, antwortete Meg.

»Und wie geht es jetzt weiter?«, wollte Tess wissen.

»Ich habe sie ins Haus geschickt. Sie soll sich telefonisch um einen Ausbildungsplatz und ein Zimmer bemühen«, antwortete Meg. »Und sie hat ganz schön gestaunt, als ich ihr gesagt habe, dass ich ihr dieses Mal nicht helfen werde.«

Auch mit vereinten Kräften dauerte es bis zum späten Nachmittag, bevor alle Schafe versorgt waren. Dann war es endlich so weit. Claire schickte Becky zum Windrad, um die Pumpe anzuwerfen, mit der die Wasserversorgung der Tiere sichergestellt wurde, während sie selbst die Schafe in einen neuen Pferch bringen wollte. Meg ging derweil schon mal ins Haus, um das Abendessen vorzubereiten.

Als Tess und Claire ebenfalls in die Küche kamen, trafen sie Meg und Jodi mit ernsten Mienen an. Es war wohl nicht so einfach wie gedacht, einen Ausbildungsplatz, eine zusätzliche Geldquelle und eine Unterkunft für Jodi in der Stadt zu finden.

»Oh, redet ihr gerade?« Tess wandte sich entschuldigend an Meg.

Ohne auf die Frage einzugehen, sagte Meg: »Claire, Jodi möchte gern auf Drover's Run mithelfen.«

Jodi sah ihre Mutter fassungslos an. »Aber Mom ...«

»Wir haben gerade gemeinsam festgestellt, dass das Schulgeld, das dein Vater für sie bezahlt hat, eigentlich vergeudet ist«, fuhr Meg ungerührt fort. »Sie möchte die Sache wieder gutmachen und hier mitarbeiten, wenn du eine Stelle für sie hast. Für mindestens ein Jahr. Sie möchte beweisen, wie hart sie arbeiten kann, bevor ich ihr dabei helfe, in der Stadt eine Ausbildung und eine Wohnung zu bekommen. Und sie sagt, sie will richtig hart arbeiten. Nicht wahr, Jodi?«

Meg hatte ein großes Herz – aber auch klare Prinzipien. Jodi war offenbar klar, dass sie nichts mehr zu gewinnen hatte. »Ja«, knurrte sie zerknirscht. »Klar.«

»Hey, das wäre ja super!«, jubelte Tess. Sie mochte Jodi. Sie war wie eine kleine Schwester für sie.

Claire hatte sich – wie auch Meg und Tess – ein Bier aus dem Kühlschrank genommen. Sie sah kurz zwischen Meg und Jodi hin und her. »Aber Meg, das ist hier doch gar nichts für Jodi«, meinte sie.

»Wie kannst du so etwas sagen, Claire!«, sagte Tess, und sie klang ungewohnt bestimmt. »Natürlich kannst du hier bleiben«, wandte sie sich dann an Jodi. »Wir freuen uns.«

»Moment mal. Du kannst das gar nicht entscheiden. Du bist hier nicht der Boss.«

»Ich bin hier genauso der Boss wie du«, gab Tess gelassen zurück. »Und wenn du so weitermachst, kannst du die Farm bald an den Nagel hängen, weil keiner mehr für dich arbeiten will.«

»Äh …« Becky war gerade in die Küche getreten. Sie hatte den Zwist der Schwestern mitbekommen. »Wenn ihr geklärt habt, wer hier nun der Boss ist – vielleicht könnt ihr dann draußen mal nach dem Windrad sehen? Es ist kaputt und pumpt nicht.«

Claire stöhnte. Sie stellte ihr Bier ab und setzte sich den Hut auf den Kopf. »Selbstständig heißt eben selbst und ständig«, meinte sie nur und stapfte hinaus.

Das Windrad rührte sich um keinen Zentimeter. »Weißt du, was kaputt sein könnte?« Tess war mit nach draußen gekommen. Allein schon um zu zeigen, dass sie sich für Drover's Run ebenso verantwortlich fühlte wie ihre Schwester.

»Entweder ist es das Gestänge, das festsitzt, oder …«, antwortete Claire, während sie mit festen Schritten den kleinen Hügel hinaufging, auf dem das Windrad stand.

»Oder?«, forschte Tess nach.

»Oder wir sind erledigt«, antwortete Claire.

»Total?« Tess konnte das kaum glauben.

»Wir können uns alle begraben lassen«, bestätigte Claire.

Tess sah ihre Schwester einen Moment von der Seite

an. »Ich weiß genau, worauf du hinauswillst«, stellte sie unvermittelt fest.

Claire warf ihr einen spöttischen Blick zu. »Kannst du jetzt auch noch hellsehen? Du bist ja ein richtiges Multitalent.«

»Und du bist eine sarkastische Ziege«, gab Tess zurück. »Dir ist nur jedes Argument recht, um Jodi nicht hier aufnehmen zu müssen. Weil du dich nicht traust, es rundheraus zu sagen.«

»Tatsächlich?«, gab Claire zurück. »Da kennst du mich aber schlecht. Eigentlich dachte ich nur daran, wie ruhig und friedlich es hier wieder sein wird, wenn Jodi weg ist. Und wenn du weg bist«, sagte sie und blickte ihrer Schwester ins Gesicht, während sie sich um eine schmale Öffnung eines Gatters herumwanden, die Menschen hindurchließ, aber keine Rinder.

»Meg und Becky könnten vielleicht auch noch abhauen«, schlug Tess vor, anstatt Claires Worten zu widersprechen. »Und dann wäre die gute alte Claire endlich wieder ganz mit sich allein. Verdammt allein sogar.«

»Ich würde es genießen!«, entgegnete Claire.

»Würdest du nicht!«

»Wohl!«, wiederholte Claire und blieb stehen.

»Nee!«, beharrte Tess und stoppte ebenfalls.

»Wohl!«

»Nee!«

»Sei nicht kindisch!«, schnaubte Claire schließlich.

»Das wollte ich dir auch gerade sagen«, meinte Tess, während sie weiter auf das Windrad zuliefen.

Wie ein Schattenriss zeichnete sich die filigrane Silhouette vor dem stahlblauen Himmel ab. Claire packte eine Strebe am unteren Ende der Konstruktion, mit der das Windrad in Fahrt gebracht werden konnte. Sie sah nach oben. Nichts bewegte sich.

»Mist!«

»Was müssen wir tun?«, fragte Tess.

Claire deutete mit dem Kopf nach oben. »Da rauf und das Gestänge lösen.«

»Ich mache das.« Tess hatte bereits einen Fuß auf eine der unteren Streben gesetzt.

»Komm da runter!«, fauchte Claire sie an. »Das ist mein Job!«

»Warum?«, gab Tess zurück und erklomm bereits die nächste Strebe. »Ich kann auch mal stur sein. Außerdem bin ich doch schon fast oben.«

»Dann sei wenigstens vorsichtig!«

»Oh là là«, sagte Tess vor sich hin. »Wer hätte das gedacht? Sie ist glatt besorgt.«

»Und jetzt?«, fragte Tess, sobald sie oben war.

»Hau einmal gegen die Welle!«, rief Claire von unten hinauf. Sie hatte den Kopf in den Nacken gelegt und beobachtete jede Bewegung ihrer Schwester. »Kräftig! Aber pass auf, dass du den Rückstoß nicht abbekommst.«

Tess hatte die Anweisung ihrer Schwester schon ausgeführt. Das verkantete Gestänge löste sich. Sie bog den Oberkörper zur Seite, um nicht vom Rückstoß der Welle getroffen zu werden, und augenblicklich begann sich das Windrad zu drehen. »Und?«, rief sie hinab.

»Hervorragend!« Erleichtert beobachtete Claire, wie der Pumpkolben zu arbeiten begann.

Mit einem Mal löste der Wind Strähnen aus Tess' Haar. Sie schlugen ihr ins Gesicht, behinderten ihren Blick. Gleichzeitig spürte sie die Sonne auf ihren Scheitel brennen und den Wind, der einen Schauer auf ihrem Rücken auslöste. Einen kurzen Augenblick sah sie zum Boden hinab. Er war so weit entfernt. Und in ihrem Kopf begann es zu kreisen …

Irgendwo in der Tiefe stand Claire. Sie sah zu ihrer Schwester hinauf. »Tess?«, rief sie. »Was ist denn?«

Tess biss sich auf die Lippen. Sie hatte das Gefühl, sich nicht mehr rühren zu können. Krampfhaft klammerten sich ihre Finger um das rostige Metallgerüst. Die scharfen Kanten drückten in ihre Hand, durchschnitten ihre Haut.

»Tess, komm wieder runter!«, rief Claire.

»Ich k… ich kann nicht«, presste Tess mühsam hervor. »Ich … ich habe Höhenangst.«

Einen winzigen Augenblick schien es Claire die Sprache zu verschlagen. »Halt dich fest«, rief sie dann. Ihre Stimme klang atemlos. »Ich komme rauf.«

Mit raschen Bewegungen erklomm Claire das Gerüst und war nach kurzer Zeit bei ihrer Schwester. »Ich bin hier«, flüsterte sie Tess beruhigend ins Ohr. »Wir gehen jetzt zusammen runter. Immer einen Schritt nach dem anderen.«

»Ich kann nicht.« Tess war vollkommen aufgelöst.

»Doch, du kannst«, sagte Claire ruhig und bestimmt. »Zusammen mit mir. Und keine Angst, ich lasse dich nicht los.«

Vorsichtig wie Artisten auf dem Drahtseil klommen die Schwestern vom Windrad hinab. Einen Schritt nach dem anderen und vorsichtig tastend, genau nach Claires Anweisungen. Wenn es zu schwierig wurde, nahm Claire jeweils einen Fuß ihrer Schwester in die Hand und setzte ihn auf die nächste Schwelle.

Mit geschlossenen Augen folgte Tess den Worten und den Bewegungen ihrer Schwester. Voller Vertrauen und im Bewusstsein, dass in diesem Moment nur sie ihr helfen konnte.

»Gleich sind wir unten.« Tess schien es, als sei eine halbe Ewigkeit vergangen. »Nur noch ein winziges Stück. Siehst du? Das ist hier nicht der Mount Everest.«

Vielleicht hatte Claire das »Siehst du?« gar nicht als Aufforderung gemeint. Tess aber öffnete jetzt wirklich die Augen. Es waren vielleicht noch zwei Meter bis zum Erdboden.

Mit einem Mal wich die Kraft aus ihren Händen. Sie

hatte sich so fest an das Metallgestänge geklammert, dass ihre Muskeln nun nachgaben.

»Claire!« Ein schriller Schrei, dann ließ Tess los.

Claire wollte ihre Schwester im letzten Moment noch um die Hüfte fassen. Aber es war zu spät. Tess riss Claire die letzten Meter mit nach unten.

Als sie die Augen öffneten, lagen sie nebeneinander auf dem Boden. Wie durch ein Wunder war ihnen nichts geschehen.

»Bist du okay?«, fragten sie gleichzeitig und fassten nach ihren Händen.

»Was machst du für Sachen, Schwester?«, fragte Claire lachend.

Tess lachte ebenfalls. »Da siehst du, wie man dir glauben kann«, meinte sie. »Du hast gesagt, du lässt nicht los!«

Am Abend dieses ereignisreichen Tages wurde noch einmal draußen gemeinsam gegessen, als Ersatz für das etwas verpatzte Mittagessen. Meg hatte den Grill herausgeholt, und Becky kümmerte sich darum, dass genügend Fleisch darauf lag.

»Ich … ich möchte etwas sagen«, verkündete Claire plötzlich. Sie stand vor dem Esstisch, und es sah tatsächlich so aus, als wollte sie eine Tischrede halten.

In diesem Moment dröhnte das Geräusch eines Motorrads über den Hof. Es war Alex.

Claire war zwar irritiert, andererseits offenbar ganz dankbar, unterbrochen worden zu sein. Sie ging auf den Besucher zu, der gerade sein Motorrad abstellte.

»Alex, was gibt's?« Sie reichte ihm ein Bier, als Einladung abzusteigen und sich zu ihnen zu setzen.

Alex grinste erst sie an, dann Tess. »Auf Killarney fehlt ein Bock«, erklärte er.

»Oh, abgehauen?«, fragte Claire.

»Vielleicht auch einfach nur mal spazieren gegangen«, meinte Alex schulterzuckend. »Um sich die Neuzugänge auf Drover's Run anzusehen.« Dabei warf er Tess einen feixenden Blick zu.

»Bedien dich doch, Alex«, bot Claire an.

Das ließ Alex sich nicht zweimal sagen und ging zum Grill hinüber, der ein wenig abseits stand.

Damit stand Claire wieder allein vor den Frauen. »Also«, sagte sie und steckte sich nervös eine Haarsträhne hinter das Ohr. »Ich möchte mich bedanken.« Sie räusperte sich. »Für euren Einsatz, während der letzten Zeit, aber auch besonders für gestern und heute. Das war ... das war wirklich klasse. Ihr habt gut gearbeitet. Vielen Dank.«

Sie sah unsicher zu ihrer Schwester hinüber. Tess' Augen leuchteten im schwachen Schein der Hoflampen.

Sie nickte Claire wohlwollend zu. »Danke, Claire. Das hast du schön gesagt.« Dann hob sie ihr Glas. »Zum Wohl. Auf dich. Und auf uns alle.«

10. Kapitel

Seit den ersten Tagen auf Drover's Run hatte Tess sich alle Mühe gegeben, den schönen Seiten des Landlebens etwas abzugewinnen. Sie war früh aufgestanden, hatte auf die ausgiebige Badezeremonie verzichtet, die sie zu Hause regelmäßig durchgeführt hatte, und ihre flatterigen Kleider im Schrank gelassen. Sie hatte Schafe zur Schur gezerrt, Pferde gesattelt und geritten. Trotzdem merkte sie mit der Zeit immer deutlicher, dass ein großes Maß an Toleranz aufzubringen war.

Meg war eine ausgezeichnete Köchin, ganz zweifellos, aber allmählich verspürte Tess auch wieder Lust auf das Essen, das sie aus der Großstadt gewöhnt war. Italienisches Essen zum Beispiel, Pasta, Risotto oder zarte Scaloppine. Von einem ordentlichen Cappuccino mit aufgeschäumter Milch einmal ganz zu schweigen.

Hinzu kam, dass Claire es ihr immer wieder schwer machte, bei der Arbeit auf der Farm mitanzupacken. Sie war offenbar überzeugt, dass ihre Schwester einfach nicht für diese Arbeit geeignet war. Tess hatte versucht, sich davon nicht beeindrucken zu lassen. Sie stand für jede Arbeit zur Verfügung, auch zum Viehtreiben, obwohl ihr das wirklich einiges abverlangte. Sie war eben keine geübte Reiterin, was ihr Gesäß sie schmerzhaft spüren ließ. Jodi hatte sie damit auf den Arm genommen und ihr zum Essen ein Kissen auf ihren Stuhl am Esstisch gelegt. Denn das hatte sich immerhin seit Tess' Ankunft auf der Farm verändert: Seit kurzem wurde gemeinsam gegessen, Claire und Tess, zusammen mit Meg, Jodi und Becky.

Nun war Tess vor ein paar Tagen auch noch vom Pferd gefallen, und ihre alte Angst vor großen Tieren, vor Pferden ganz besonders, war wieder präsenter als ihr lieb war. Es war eben doch nur ein Pony-Club gewesen, in dem Tess reiten gelernt hatte, und keine Farm mit Pferden!

Seit diesem Missgeschick hatte sie keinen Pferderücken mehr erklommen. Da nun einige Arbeiten für sie ausfielen, kochte sie abends häufiger. Risotto zum Beispiel.

An diesem Abend aber hatte sie gar nicht gemerkt, wie schnell die Zeit vergangen war. Ein Blick auf die Uhr machte deutlich, dass das Risotto nicht mehr pünktlich um neunzehn Uhr auf den Tisch kommen würde. Denn später wurde auf dem Land einfach nicht gegessen.

Meg war vorsorglich eingesprungen und hatte wie immer auf die Minute genau ihren berühmten Kartoffelauflauf aus dem Ofen geholt. Man konnte allerdings nicht behaupten, dass Tess ein Fan davon war.

Nun war sie als Einzige noch am Tisch übrig geblieben. Die anderen hatten längst aufgegessen. Becky hatte sich den Pick-up geliehen und war nach Gungellan gefahren, Jodi hatte sich in ihr Zimmer verzogen, um sich die Nägel zu lackieren. Und Claire saß in ihrem Büro.

Als Meg aus der Küche kam, um noch ein paar Schüsseln abzuräumen, stand Tess auf. »Ich kann das machen, Meg«, bot sie an. »Ich kann auch abspülen.«

Meg war sehr einfühlsam und hatte schon mitbekommen, was Tess Sorgen bereitete. »Es ist eine ziemliche Umstellung, wenn man aus der Großstadt aufs Land zieht«, stellte sie fest. »Sei nicht zu streng mit dir.« Dabei sah sie Tess freundlich an.

Tess zuckte die Schultern und stellte lustlos ein paar Teller zusammen. »Wie lange hat es denn bei dir gedauert?«, wollte sie wissen.

Meg lächelte, ein fast wehmütiges Lächeln. »Ich glaube … ich glaube, ich hatte dieses Problem gar nicht«, erklärte sie. »In dem Moment, als ich auf Drover's Run ankam, wusste ich, dass ich hier nie mehr wegwollte.«

Anstatt in ihr Büro, wie Tess geglaubt hatte, war Claire nach dem Abendessen in den Stall gegangen, denn sie hatte das Gefühl, sich ein bisschen um

Scirocco kümmern zu müssen. Schon am Tag des Rodeos hatte Claire bemerkt, dass er an einer bestimmten Stelle an seiner Flanke empfindlich war. Seitdem wieherte er ab und zu, wenn Claire darüberstrich.

Claire hatte ihr Leben lang mit Pferden zu tun gehabt. Sie wusste, wie sensibel diese Tiere waren. Und es war durchaus denkbar, dass auch Scirocco unter dem Verlust von Jack litt – auf seine eigene Weise. Vielleicht gab es Momente, in denen ihn diese Berührung an seiner Flanke an Jack erinnerte? Und vielleicht unterschied sich die Berührung von Claire manchmal in solchen Nuancen von der Jacks, dass Claire zwar keinen Unterschied erkannte, Scirocco hingegen sehr wohl.

Claire war es wichtig, dass Scirocco in guter Verfassung war. Natürlich hing sie an ihm. Aber das Angebot von Harry auf dem Rodeo, der den Hengst gerne gekauft hätte, hatte sie nachdenklich gestimmt. Sie wollte Scirocco vermehrt zur Zucht einsetzen und auf diese Weise hochwertige Fohlen hervorbringen.

»Nanu, Alter«, sagte sie, als sie in den halbdunklen Stall eintrat und bemerkte, dass Sciroccos Futtersack noch so gut wie voll war. »Du hast ja gar nichts gefressen. Hör mal, du darfst aber nicht zu wählerisch sein. Du musst bei Kräften bleiben. Ich will mit deinem Erbgut noch eine Menge Geld verdienen.«

Sie strich dem Hengst über die Nüstern, nahm eine Handvoll Futter aus dem Sack und hielt sie Scirocco ans Maul. Zaghaft und unentschlossen nahm er ein wenig. Dann prustete er und wischte Claire das Futter aus der Handfläche.

Claire seufzte. Sie gab Scirocco noch einen freundlichen Klaps auf die Kruppe und ging dann zurück ins Haus.

Im Büro brannte Licht. Sobald Tess bemerkt hatte, dass Claire gar nicht über den Büchern saß, hatte sie am Schreibtisch Platz genommen und den Computer eingeschaltet.

Seitdem sie hierher gekommen war, hatte sie nur noch per Mail Kontakt mit ihren Freunden halten können. Ihr Handy funktionierte in dieser abgelegenen Region nicht, und vom Büro aus lange Gespräche mit den Freunden zu führen, die jeder mithören konnte – das war ihr einfach unangenehm.

Tess las gerade die Zeilen ihrer Freundin Mary: Alle vermissten Tess und fragten sich, ob sie schon ein richtiges Cowgirl geworden sei. Ob man sie in der Stadt überhaupt noch einmal sehen würde?

»Brauchst du noch lange?« Es war Claire, die plötzlich im Türrahmen stand. Ihr war deutlich anzusehen, dass sie den Platz am Schreibtisch für sich beanspruchte.

»Bin gerade fertig«, seufzte Tess. Sie klickte auf »Mail speichern« und meldete sich ab.

Claire setzte sich sofort auf den Schreibtischstuhl und widmete sich dem Computer, während Tess noch unschlüssig im Büro herumstand. Sie betrachtete die Bilder an der Wand.

Über einem Regal hing ein Bild, das Claire gemalt hatte. Ein Baum aus der näheren Umgebung war darauf zu sehen. Es war kein Meisterwerk, aber wirklich schlecht war es auch nicht.

Dennoch schnaubte Tess verächtlich, als sie es ansah.

»Ist noch was?«, fragte Claire prompt. Trotz ihrer Konzentration auf den Bildschirm hatte sie Tess' Reaktion sehr wohl mitbekommen.

»Ich weiß nicht.« Man konnte das Unbehagen in ihrer Stimme förmlich spüren. »Ich komme mir vor wie die absolute Außenseiterin.«

Claire schenkte ihrer Schwester einen musternden Blick. »Abgesehen von der Maul- und Klauenseuche kommst du mir ziemlich normal vor.«

Tess zog die Augenbrauen in die Höhe. »Maul- und Klauenseuche?«

»Na ja, du redest manchmal zu viel, und ein bisschen tapsig bist du auch«, meinte Claire.

»Tapsig? Ich bin vom Pferd gefallen!«, antwortete Tess empört.

»Das passiert auf einer Farm etwa jeden Tag.« Claire sah nun wieder entspannt auf ihren Bildschirm. »Was ist dabei?«

»Ich hab ausgesehen wie der letzte Idiot!«, warf Tess ein.

»Na und? Gab es Zeugen, die gegen dich aussagen könnten?«, entgegnete Claire mit einem ironischen Lächeln um die Mundwinkel. »Denk nicht mehr dran! Und steig so schnell wie möglich wieder auf!«

Ganz offensichtlich lag Tess noch eine Antwort auf der Zunge. Gleichzeitig war ihr wohl klar, dass sie mit ihrem Unbehagen bei ihrer Schwester auf taube Ohren stieß. »Ich geh dann mal«, sagte sie daher nur und verließ das Büro.

Claire sah ihr nach. Dann blickte sie zu ihrem Bild an der Wand. Jack hatte es immer gemocht. »Was versteht Tess schon von Kunst!«, sagte sie ein wenig beleidigt.

Am nächsten Tag schritt Tess entschlossen mit einigen frischen Karotten in der Hand über den Hof. Sie hatte es satt, nur als Großstadtpflanze wahrgenommen zu werden, die für ein Leben auf dem Land nicht zu gebrauchen war. Lange genug hatten die anderen über sie gelacht. Vor allem eine Sache musste sie deshalb schleunigst in den Griff bekommen: Sie musste ihre Angst vor Pferden besiegen und die Furcht, wieder aus dem Sattel zu fallen.

»Also«, sagte sie zu Oskar, dem gutmütigen alten Schimmel. »Eigentlich hatten wir uns doch ganz gut verstanden. Ich meine … so schlecht habe ich mich doch wirklich nicht angestellt. Keine Ahnung, was da in dich gefahren ist, als du plötzlich gebockt hast. Aber das ist jetzt ja auch egal. Ich ... ich habe dir ein kleines Geschenk mitgebracht«, fuhr sie fort und hielt das Bündel Karotten in die Höhe. »Ich dachte, ich schenke sie dir. Dafür musst du mir aber auch ein bisschen helfen, dass ich nicht immer wie der letzte Idiot aussehe ... Huch, Hilfe!«

Oskar hatte Tess das Maul entgegengestreckt und eine Möhre zwischen die großen Zähne genommen. Erschreckt ließ Tess los und versteckte die Hände hinter ihrem Rücken.

»Pferde reagieren auf Körpersprache«, sagte eine Stimme hinter ihr. Es war Claire. Sie stand jenseits des Gatters und beobachtete ihre Schwester bei ihren Bemühungen. »Oskar merkt, dass du Angst hast. Darum hat er auch Angst.«

Tess sah ihre Schwester fragend an. »Aber was soll ich denn tun? Ich habe nun mal Angst vor großen Tieren. Vor Pferden, Kühen, Schafen und ...«

In diesem Moment hob Oskar seinen Kopf. Er fuhr mit seinem Maul über Tess' Kopf, über ihren Mantelkragen und über ihre Schulter. Die Karotte hatte ihm offenbar geschmeckt, und er versuchte, Tess noch mehr abzubetteln.

»Oh, Himmel, Hilfe ...«, sagte Tess leise bebend und blieb stocksteif stehen.

»Siehst du«, lachte Claire. «Er möchte dich jedenfalls näher kennen lernen.«

»Näher kennen lernen? Wie meinst du das?«

»Lad ihn auf einen Drink ein«, schlug Claire vor, dann ging sie weiter, hinüber zu den Ställen, um nach Scirocco zu sehen.

Becky hatte ihr am Morgen berichtet, dass der Hengst wieder nicht richtig gefressen hatte. Diese Tatsache und die empfindliche Stelle an der Flanke weckten große Besorgnis in Claire. Sie beschloss, dem Pferd zunächst Kleiebrei zu geben, den sie in einem dicken Zinkeimer herbeitrug.

Meg war im Stall und striegelte gerade ein anderes Pferd. Sie tat dies mit solcher Hingabe, dass Claire leise schmunzelnd fragte, ob sie diese Tätigkeit an ihren früheren Beruf als Friseurin erinnerte. Haare waren schließlich Haare, bei Pferden wie bei Menschen.

Claire holte Scirocco aus seiner Box und band ihn im vorderen Teil des Stalls fest. Danach strich sie vorsichtig über die empfindliche Stelle an seiner Seite. Sofort wieherte der Hengst und tänzelte nervös zur Seite.

Meg sah zu Claire herüber. »Bei deinem Vater konnte er manchmal auch ganz schön zickig sein«, sagte sie mit einem ermutigenden Lächeln.

»Das stimmt«, gab Claire ebenfalls lächelnd zurück. »Das waren zwei Sturköpfe, die beiden.« Und während sie nochmals vorsichtig über Sciroccos Flanke strich und der Hengst wieder wieherte und ausbrach, zogen sich ihre Augenbrauen nachdenklich zusammen.

Einen kurzen Moment zögerte sie noch. Dann atmete sie tief durch und ging ins Haus, um den Tierarzt anzurufen.

Greg Watson, so erfuhr sie in der Tierarztpraxis, war gerade auf der Killarney-Farm. Kurz entschlossen rief sie dort an und bat den Tierarzt, auch auf Drover's Run vorbeizusehen.

Zu ihrem Erstaunen traf wenig später nicht nur der Arzt mit seinem Wagen ein, sondern auch Alex und Nick in einem ihrer Pick-ups.

Claire war ein wenig überrascht, grinste aber, als die Ryan-Brüder auf sie zukamen. Greg Watson suchte in seinem Wagen gerade noch die benötigten Instrumente für die Untersuchung zusammen. »Ich hatte mit dem Tierarzt gerechnet, nicht mit ganz Killarney. Also, Alex, falls du Tess suchst«, sagte sie dann geheimnisvoll und deutete mit dem Kopf zur Koppel. »Die versucht gerade mit einem reiferen Herrn ins Gespräch zu kommen.«

Alex sah Claire einen Moment mit rätselndem Gesichtsausdruck an, dann schob er sich den Hut in den Nacken und ging hinüber zur Pferdekoppel.

»Hallo, Nick«, begrüßte Claire dann den anderen Ryan-Bruder. »Was gibt's?«, fragte sie.

»Ich wollte nur sehen, was bei euch los ist«, antwortete Nick. Dabei war klar, dass es für Nick nur einen wirklichen Grund gab, nach Drover's Run zu kommen.

Das Anliegen war mit dem des Bruders durchaus vergleichbar. Nur dass anstatt Tess Claire gemeint war.

Unterdessen war auch Greg Watson mitsamt der Arzttasche aus seinem Wagen gestiegen. Es war das erste Mal seit Jacks Tod, dass er auf die McLeod-Farm kam. Er begrüßte Claire kurz aber herzlich, dann gingen sie zusammen mit Nick zu Sciroccos Box. »Was hat er denn?«, fragte der Tierarzt, während er dem Hengst zur Begrüßung über die Nüstern strich.

»Er frisst nicht«, erklärte Claire, während der Tierarzt mit der Untersuchung begann. »Außerdem funktioniert seine Verdauung seit ein paar Tagen nicht mehr richtig«, fuhr sie fort. »Ich hoffe, es ist nichts Ernstes. Ich habe gerade beschlossen, Scirocco als Zuchthengst einzusetzen.«

Greg untersuchte den Hengst aufmerksam. Er drückte sein Stethoskop auf den mächtigen Leib des Tieres und tastete seine Flanken ab. Sobald er die bewusste Stelle berührte, bewegte sich der Hengst und wieherte, hörte aber sofort wieder auf, als der Tierarzt seine Hand wegzog und beruhigend auf ihn einsprach.

»Ich habe ihm Kleiebrei gegeben«, erklärte Claire.

Der Tierarzt nickte. »Normalerweise hilft das.« Er warf einen nachdenklichen Blick auf das Tier. »Ich gebe ihm zusätzlich noch ein Abführmittel. Solange seine Verdauung nicht in Gang ist, kann ich nicht feststellen, ob sonst noch etwas vorliegt.«

Es dauerte nicht lange, bis der Tierarzt seine Behandlung beendet hatte und sich wieder verabschiedete. »Ich komme morgen wieder, um zu sehen, ob das Mittel gewirkt hat«, versprach er, während er den Stall verließ und zurück zu seinem Wagen ging. »Falls er Schmerzen hat, geben Sie ihm Aspirin. Das hilft Mensch und Tier. Außerdem sollten Sie ihn in Bewegung halten.«

Claire wusste, dass Pferde mit Störungen des Verdauungsapparates unbedingt bewegt werden müssen. Mehr als eine Nacht hatte sie schon in den Ställen verbracht, um kranke Pferde am Zügel herumzuführen und sie mit Stroh abzureiben, wenn Koliken ihnen den Schweiß in Strömen das Fell herablaufen ließen.

»Dann weiß ich ja, womit ich diesen Tag verbringen werde. Und auch diese Nacht«, sagte sie mehr zu sich selbst als zu Nick, der auf dem Hof neben ihr stand, während Greg wieder in seinen Wagen stieg und davonfuhr.

»Wenn du willst, kann ich heute Nacht die erste Schicht übernehmen«, bot Nick an. Er stand schräg hinter ihr und sprach leise, raunte fast in Claires Ohr.

»Nein, danke, nicht nötig«, antwortete Claire schnell. Sie drehte sich hastig um und ging zurück in den Stall.

Nick folgte ihr. Er stand jetzt wieder hinter ihr, seine Lippen nah an ihrem Ohr.

Mit einem Mal spürte Claire, wie gut es tat, jemanden so nahe bei sich zu haben. Sie fühlte Nicks Atem an ihrem Hals, spürte die Wärme seines Körpers, die auf ihren abzustrahlen schien.

Er beugte sich noch ein Stück näher zu ihr. »Sag doch einfach: Danke, Nick.«

Claire musste lächeln. War Nick vielleicht ein Pferdeflüsterer? Jemand, der die stursten Geschöpfe dazu bringen konnte, sich einem strengen und gleichzeitig liebevollen Kommando zu unterwerfen? Aber Scirocco führen – das war unmöglich. Außer Claire war nur noch ein Mensch so vertraut mit dem Pferd gewesen – Jack.

Claire strich Scirocco über die Nase. Selbst wenn sie es für undenkbar hielt, Nick Scirocco zu überlassen, seine Hilfsbereitschaft musste sie anerkennen. »Danke, Nick«, sagte sie und unterdrückte ein Lächeln auf ihren Lippen.

Nick trat noch ein Stück näher an sie heran.

»Wie war das?«, fragte er leise und vertraulich.

»Danke, Nick«, wiederholte Claire jetzt lauter, während das Lächeln ihrer Lippen ein Stück breiter wurde.

Tess war ausgesprochen froh gewesen, als Claire sie mit Oskar wieder allein gelassen hatte. Am liebsten hätte sie ja die Flucht ergriffen. Aber egal, wie lange sie auf Drover's Run überhaupt noch bleiben würde, sie wollte nicht als unbegabte, ängstliche Stadtpflanze in die Annalen der Farm eingehen. Sie musste es deshalb noch einmal schaffen, sich wieder in einen Sattel zu setzen, ohne im selben Augenblick gleich wieder herunterzufallen. Danach würde sie Drover's Run hoch erhobenen Hauptes verlassen können.

»Also, Oskar«, begann sie ihr Vorhaben noch einmal auf die sachliche Art. Sie stand dicht neben dem alten Hengst und sprach leise und ruhig auf ihn ein – jedenfalls so ruhig es ihr in der Nähe dieses großen Tieres gelingen wollte. »Wir machen einen Deal«, schlug sie vor. »Ich besorge dir Karotten, wann immer du willst, und du siehst zu, dass du schön brav bist, damit ich nicht mehr von deinem Rücken falle.«

»Man nennt es zwar Pferdeflüstern«, hörte Tess jetzt eine Stimme hinter sich, »aber man kann trotzdem in ganz normaler Lautstärke mit diesen Tieren reden.«

Tess drehte sich um und sah Alex, der sich über das Gatter der Koppel lehnte. »Was … was tun Sie hier?«, fragte sie und wurde ein wenig rot. Es war ihr peinlich, bei ihrem Gespräch mit dem Gaul belauscht worden zu sein. Immerhin konnte es nicht sonderlich professionell geklungen haben.

Alex grinste. Ein unverschämt charmantes Grinsen, wie Tess sich eingestehen musste. Auch wenn der Humor seines Bruders ihr besser gefiel.

»Ich wollte mal sehen, wie Sie so zurechtkommen«, meinte er. »Sie haben anscheinend eine … interessante Art, mit Pferden umzugehen.«

Spätestens jetzt war Tess klar, dass sich ihre Missgeschicke bis Killarney herumgesprochen hatten. »Wir … wir sind gerade dabei, uns ein bisschen besser kennen zu lernen«, sagte sie möglichst unbefangen. Sie hörte selbst, dass sie sich eher wie eine Therapeutin anhörte und nicht wie jemand, der demnächst in den Sattel steigen will.

Alex grinste noch immer. »Da würde ich Ihnen einen anderen Weg vorschlagen«, antwortete er. Er tauchte unter dem Gatter der Koppel hindurch und kam jetzt näher. »Darf ich?«

Bevor Tess sich versah, hatte Alex sie mit zwei schnellen Griffen in den Sattel gehoben. »Was … was kommt denn jetzt?«, fragte sie verblüfft.

»Das Wichtigste ist: ganz entspannt sein.« Alex schob Tess' Füße energisch in die Steigbügel. »Sie müssen ihm zeigen, wer das Sagen hat. Das sind Sie, nicht er.«

»Also«, Tess schluckte nervös. »Ich bin vollkommen entspannt. Und was das Sagen anbetrifft: Mal soll man nett zu den Pferden sein, und dann soll man wieder … Hoppla!«

Sie brachte ihren Satz nicht zu Ende. Mit einem Mal saß Alex im Sattel hinter ihr und umfasste sie von hinten.

»Was … was soll denn das?« Alex schmiegte sich zärtlich an sie an. »Ich will nur überprüfen, ob Sie auch wirklich entspannt sitzen«, meinte der junge Mann und streichelte einige Male ihre Taille.

»Und?«, fragte Tess. Ihr Herz klopfte ein bisschen schneller als sonst. »Alles klar?«

»Alles klar«, bestätigte Alex. Er legte seine rechte Hand auf Tess' Hände, die die Zügel hielten. »Auf geht's!«, rief er dann und verpasste Oskar einen herzhaften Klaps auf das Hinterteil.

Die Landschaft flog geradeso an Tess vorbei. Sie konnte sich nicht erinnern, jemals so schnell geritten zu sein. Zuerst hatte sie Angst, bald aber passte sich ihr Körper den rhythmischen Bewegungen des Pferdes an, gestützt und gesichert von Alex, der sie mit starken Armen umschloss und ihr Halt gab.

Bäume, Hügel und Wiesen – noch bevor Tess' Augen sie erfassen konnten, waren sie schon wieder verschwunden. Immer atemloser wurde Tess, vom schnellen Galopp des Pferdes und von der Schönheit der Natur, die sie zum ersten Mal vom Rücken eines Pferdes aus wirklich wahrnehmen konnte.

Nach einer Weile verlangsamte Alex das Tempo des Pferdes. Oskar fiel in einen ruhigen Schritt, und Tess konnte nun die Bilder der Landschaft besser in sich aufnehmen.

»Oh ja«, seufzte sie ergriffen. Alex hielt Oskar an. Tess stieg ab und ließ ihren Blick über die Hügelkette schweifen, die sich wie ein Gemälde vor ihren Augen ausbreitete. »Es ist wirklich wunderbar hier. Ich werde es vermissen …«, sagte sie beinahe sehnsüchtig.

Alex schien einen Moment zu stutzen. »Wollen Sie weg?«, fragte er.

Tess drehte sich zu ihm um. Ob es sinnvoll war, Alex ihren Traum vom eigenen Café zu verraten?

»Wo könnte es denn schöner sein als hier?«, fuhr Alex fort, bevor Tess antworten konnte. »In der Stadt vielleicht?«

»Oh, die Stadt hat eine Menge Vorteile«, versicherte Tess. »Es gibt ordentlichen Cappuccino, man kann shoppen, ins Kino gehen ...«, zählte sie auf. »Yoga, Kosmetikbehandlungen, Massagen ...«

»Okay, okay«, unterbrach Alex sie lachend. Dann bekam sein Gesicht einen merkwürdig ernsten Ausdruck. »Aber Sie denken doch nicht im Ernst daran?«

Tess ließ ihren Blick wieder über die Hügelkette gleiten, über die Sträucher, die wie dunkle Tupfer in eine hell und freundlich leuchtende Landschaft gesetzt waren; dunkle Tupfer wie Schatten, die an manchen Tagen unvermittelt über die Seele huschen. Ihr Mund war plötzlich trocken.

»Ich habe nie vorgehabt, für immer zu bleiben«, sagte sie.

Als Tess an diesem Abend in die Küche kam, traf sie Meg allein an. Jodi und Becky waren zusammen weggefahren, sehr zum Ärger von Meg. Sie hatte immer noch große Bedenken, dass Becky auf ihre

Tochter einen schlechten Einfluss ausüben könnte. Claire war im Stall bei Scirocco, zusammen mit Nick Ryan. Tess war darüber sehr erstaunt. Sie hatte angenommen, dass Nick mit Alex zurück nach Killarney gefahren war.

Als sie in den Stall kam, um Claire und Nick das Essen zu bringen, das Meg ihr für die beiden in die Hand gedrückt hatte, lehnte Nick an einem Pfeiler. Claire hielt Scirocco an einem Zügel und führte ihn in der kleinen Runde, die der Eingang bildete, herum. Nick sah ihr dabei reglos zu.

»Was ist los?«, wollte Tess wissen.

»Scirocco ist krank«, erklärte Nick. »Er muss bewegt werden.«

Tess nickte. »Verstehe. Trotzdem, jetzt gibt es erst einmal etwas zu essen.« Sie hob die Teller wie eine Kellnerin auf den flachen Händen in die Höhe, über ihren Kopf. »Toast à la Drover's Run«, verkündete sie. »Du kannst Scirocco mir geben, während du isst, Claire. Ich laufe ein bisschen mit ihm herum.«

Als Nick das Angebot vernahm, musste er lachen. »Das ist zwecklos«, warf er ein. »Ich habe es ihr auch schon angeboten.«

Tatsächlich schüttelte Claire den Kopf. »Es geht schon, danke«, sagte sie. »Scirocco ist nicht einfach. Und jetzt, wo er krank ist ...«

»Also, Claire, auch wenn ich nicht richtig reiten

kann …«, unterbrach Tess sie schmunzelnd. »Aber ein Pferd im Kreis herumführen, das werde ich doch wohl noch schaffen!«

Ohne vom Boden aufzusehen, in den sich bereits unzählige Abdrücke von Sciroccos Hufen eingegraben hatten, schüttelte Claire wieder den Kopf. »Ich bin die Einzige, die mit ihm umgehen kann.«

Tess war einen Moment sprachlos. »Soll das … soll das heißen, du vertraust mir nicht?«, fragte sie fassungslos.

»Nehmen Sie es nicht persönlich«, schaltete Nick sich jetzt ein, bevor Claire antworten konnte. »So geht sie mit jedem um.« Er schickte ein kleines Lachen hinterher, wohl um seine Worte nicht bitter klingen zu lassen. Dennoch war ihm anzumerken, dass er verletzt war. »Tess, können Sie mich mit dem Wagen nach Hause bringen«, sprach Nick jetzt weiter. »Ich müsste zurück nach Killarney.«

Am liebsten hätte Tess gefragt, warum Nick eigentlich nicht mit seinem Bruder zurückgefahren war. Aber dann hielt sie doch den Mund. Nach und nach war ihr klar geworden, dass Nick Sympathien für Claire hegte. Und dass er Claire beistehen wollte. Nick konnte die Situation viel besser einschätzen als sie selbst. Vielleicht ergab sich jetzt eine Gelegenheit für Tess, mit Nicks Hilfe ebenfalls einen Einblick zu bekommen.

Tess nickte. »Natürlich«, sagte sie. »Ich fahre Sie.«

Der Käfer rollte durch die Nacht. Die Bäume am Straßenrand warfen durch einen trüben Dunst bizarre Schatten im Mondlicht.

Tess hatte gehofft, dass Nick zu sprechen beginnen würde. Es war klar, dass Sciroccos Krankheit für Claire von ganz besonderer Bedeutung war. Und wenn Nick etwas darüber wusste, warum sagte er es ihr nicht?

Völlig unvorhergesehen, mitten auf dem Weg, brachte Tess den Wagen zum Stehen. Sie drehte den Schlüssel herum und schaltete den Motor aus.

»Warum müssen auf dem Land eigentlich alle so verschlossen sein?«, ereiferte sie sich. »Niemand erklärt einem auch nur ein Wort! Ich weiß, dass Scirocco Jacks Pferd war. Und ich habe auch mitbekommen, dass Scirocco bei ihm war, als er starb. Okay. Sonst noch etwas? Ich habe es satt, immer alles erraten zu müssen!«

Nick sah sie einen Moment schweigend an. Offenbar war er sich nicht schlüssig, wie er auf Tess' Frage und zugleich ihren Vorwurf antworten sollte. Andererseits war es Tess wohl ernst, wenn sie mitten auf dem Weg ihren Wagen anhielt.

»Sie hatten sich gestritten, Jack und Claire«, begann er schließlich. »Danach ist Jack auf Scirocco weggeritten.« Er machte eine Pause und sah in die halbtrübe Nacht. »Er kam stundenlang nicht mehr zurück. Schließlich ist Claire losgeritten, um ihn zu suchen. Aber sie hat ihn erst gefunden, als es zu spät war.«

Die Erregung, mit der Tess gerade noch gesprochen hatte, war mit einem Mal verflogen. Sie sank auf ihrem Fahrersitz ein Stück in sich zusammen.

»Oh«, machte sie, und ihre Hand suchte nervös nach einer Haarsträhne, die ihr ins Gesicht fiel. »Von dem Streit hatte ich nichts gewusst.« Sie schwieg unvermittelt. »Es ist schwer, sich nicht verabschieden zu können«, fuhr sie dann mit einem Seufzer fort. »Und vor allem: sich nicht mehr versöhnen zu können.«

Tess horchte auf. Trotz der Dunkelheit hallten plötzlich Krähenschreie durch die Nacht. Tess wusste, dass die Leute auf dem Land glaubten, dass ihrem Schrei der Tod folgte. Was für ein naiver Aberglaube!

»Ach, diese Vögel«, stöhnte Tess ärgerlich auf. »Die kann ich auch nicht mehr hören!« Damit startete sie den Motor und fuhr weiter hinaus in die Nacht.

Als Tess eine Weile später von der Killarney-Farm zurückkam, hörte sie ihre Schwester singen. Es war ein altes Lied, das Jack seinen Töchtern von Zeit zu Zeit vor dem Einschlafen vorgesungen hatte.

Claire war mit Scirocco aus dem Stall auf die Koppel gegangen. In gleichmäßigen, stetigen Bahnen schritt sie auf und ab. Der Hengst lief mit gesenktem Kopf hinter ihr her.

Während Claire sang, stiegen Tess plötzlich Tränen in die Augen. Tränen der Erinnerung, die das Lied in ihr auslöste, vor allem fühlte sie aber plötzlich großes Mitleid mit ihrer Schwester. Wie unfair konnte das Leben sein, das den Menschen oft keine Zeit ließ, sich von den Nächsten zu verabschieden, während bei anderen der lange Abschied manchmal zur Qual wurde.

Sie wäre gern zu Claire gegangen, um sie in den Arm zu nehmen. Gleichzeitig spürte sie aber, dass ihre Schwester in diesem Moment nichts weiter suchte als die Einheit mit Scirocco. Und die Einsamkeit mit ihm. Tess drehte sich deshalb um und lief ins Haus.

Sie ging in das Zimmer, das früher einmal ihr Zimmer gewesen war. Zwischen all dem Gerümpel fand sie in einer Kiste alte Spielsachen, eine Puppe, eine Schallplatte, ein paar Bücher. Tess griff noch tiefer in die Kiste, bis sie endlich gefunden hatte, was sie suchte. Es war eine Nachttischlampe in Form eines Bären, der in einem Auto saß. Ein ziemlich albernes Ding.

Tess grinste. »Dich habe ich gesucht«, sagte sie. Dann griff ihre Hand nach etwas, dessen Ecke nur gerade eben unter all dem Gerümpel hervorsah: eine alte Schwarzweißfotografie. Sie zeigte zwei kleine Mädchen mit riesigen Cowboyhüten, die zusammen im Sattel eines Pferdes saßen.

Wie nah wir uns einmal waren!, schoss es Tess durch den Kopf.

Dann drückte sie das Foto an sich, während ihr wieder die Tränen in die Augen stiegen.

11. Kapitel

Am Morgen des nächsten Tages befand sich Claire immer noch mit Scirocco auf der Koppel. Die ganze Nacht hindurch war sie gewandert, gemeinsam mit dem Pferd. Doch allmählich hatte sich das Tempo des Hengstes verlangsamt. Zunehmend schwerer setzte er die Beine voreinander. Und immer wieder schien es, als wolle er überhaupt keinen Schritt mehr machen.

»Komm weiter, Scirocco«, bat Claire und zog sanft an Sciroccos Leine. »Komm weiter. Noch einen Schritt. Bitte. Du schaffst das. Ja, so«, machte sie dem Pferd Mut, das mühsam und zögernd einen Huf vor den anderen schob, »so ist es gut. Weiter, komm, alter Junge, komm.«

Auf einmal schien ein Beben durch das Tier zu gehen. Seine Nüstern bliesen schwer den Atem aus.

Claire sah ihr Pferd an. In ihrem Gesicht zeichneten sich die Schmerzen ab, die Scirocco wohl zu leiden hatte. Sie musste ein Schluchzen unterdrücken, als sie ihm über die Stirn streichelte. Dann legte sie die Zügel über seinen Widerrist und ging ins Haus.

In einem der großen Zinkeimer aus dem Stall verrührte Claire Kleie mit Wasser. Dann griff sie nach einer angebrochenen Packung Aspirin. Sie nahm einige Tabletten heraus und mischte sie unter die Kleie. Tess kam gerade in die Küche.

»Hat er Schmerzen?«, erkundigte sie sich sofort mit einem Blick auf die Aspirin-Schachtel.

»Ja«, antwortete Claire tonlos und leise.

»Der Arme. Claire, ich kann dich so gut verstehen.« Tess holte tief Luft. »Als meine Mutter starb, fühlte ich mich auch sehr allein. Auch wenn ihr Tod anders war als der von Jack.«

Claire antwortete nicht. Sie rührte wortlos in der Kleie.

»Ich … ich kann auch verstehen, dass du an Scirocco hängst. Und dass du etwas gutmachen möchtest bei Jack«, wagte Tess sich jetzt ganz weit vor. Solange sie auf der Farm war, hatte sie an ihre Schwester nie solche Worte gerichtet.

Mit einer scharfen Bewegung fuhr Claire herum und sah Tess an. Sie war blass. Von der durchwachten Nacht vielleicht, oder von dem gerade Gehörten.

»Nick hat es mir erzählt«, gab Tess ein wenig verunsichert zu. »Von dem Streit, den ihr hattet, du und Jack, bevor er starb …«

Claires Augen waren jetzt weit aufgerissen. Als hätte man ihr ein Geheimnis geraubt, das ihr allein gehörte …

»Claire!« Megs Stimme erschall über den Hof. »Claire! Du musst sofort kommen!«

Augenblicklich ließ Claire den schweren Holzlöffel fallen, mit dem sie die Kleie angerührt hatte, und lief ins Freie. Tess folgte ihr, so schnell sie konnte.

Meg kam ihnen atemlos entgegen. »Claire! Du kannst dich freuen! Es geht ihm besser!«, rief sie, während sie zusammen zur Koppel stürzten.

Dort lag – noch schwach dampfend – ein gewaltiger Haufen Pferdemist.

Claire strahlte, als hätte sie einen Goldschatz entdeckt. Mit wenigen Handgriffen schwang sie sich über das Gatter und stürzte auf den Hengst zu.

»Wird er jetzt wieder gesund?«, erkundigte sich Tess.

Meg nickte wortlos. Auch sie war offenbar erleichtert.

Claire rieb ihr Gesicht am mächtigen Kopf des Hengstes. »Scirocco«, flüsterte sie atemlos. »Mein Alter! Bitte mach so etwas nie wieder mit mir, hörst du? Bitte nie, nie wieder!«

Es ist besser, keine zu hohen Erwartungen zu haben, dachte Tess, als sie wenig später mit dem Pick-up unterwegs war. Claire hatte sie darum gebeten, zu Becky und Jodi zu fahren, die gerade Zäune reparierten. Tess hatte eigentlich gehofft, dass ihre Schwester ihr nun, nachdem sie das heikle Thema von Jacks letzten Stunden zumindest ansatzweise besprochen hatten, vertrauensvollere Aufgaben übertrug. Das wäre ein Beweis dafür gewesen, dass sie Tess als Schwester anerkannte und ihren Anspruch auf Drover's Run zumindest irgendwie nachvollziehbar fand. Stattdessen war es zu dieser Botenfahrt gekommen, auf der sich Tess nun befand. Eine Aufgabe, die man ebenso einem Kind hätte übertragen können. Einem Kind, das reiten kann, natürlich, ergänzte Tess in Gedanken bitter.

Außerdem ärgerte sie sich, dass sie sofort losgefahren war. Sie hätte wenigstens noch einmal kurz die Toilette aufsuchen sollen. Andererseits, überlegte sie und ließ ihren Blick über die Landschaft schweifen, hier kommt ja nun wirklich nur alle Jubeljahre jemand vorbei.

Kurz entschlossen hielt Tess den Wagen an. Sie sprang hinaus und war schon auf der Suche nach einem passenden Platz, als ein merkwürdiges Geräusch sie plötzlich aufschreckte. Es klang wie die Mischung aus dem Muhen einer Kuh und dem Ächzen einer gequälten Kreatur. Tess' Herz schlug plötzlich schneller. Dennoch wagte sie sich ein paar Schritte weiter vor, um nach der Ursache des Geräuschs Ausschau zu halten.

»Oh, nein!«, rief sie fassungslos.

Wenige Schritte von ihr entfernt lag eine Kuh mit mächtig gewölbtem Leib. Offenbar war sie im Begriff zu kalben. Die hilflosen Bewegungen des Rindes ebenso wie die schmerzvollen Laute deuteten darauf hin, dass die Geburt nicht in Gang kommen wollte. Als Tess ein Stück näher an das Tier heranging, sah sie, dass zwei wachsgelbe Hufe des Kälbchens bereits ans Tageslicht gedrungen waren. Der Rest des Tieres steckte offenbar fest.

Ratlos ging Tess in die Knie. Sie wusste, dass es immer wieder Fälle gab, in denen die Farmer den Rindern bei der Geburt ihrer Kälber helfen mussten. Aber welche Handgriffe nötig waren, davon hatte sie keine Ahnung.

Tess stöhnte und stand schnell auf. »Warte, ich hole Hilfe. Ich hole Becky und Jodi. Die sind ganz in der Nähe.« Damit eilte sie zurück zum Wagen.

Nachdem sie Tess mit dem Pick-up losgeschickt hatte, kam Claire die vergangene Nacht im Nachhinein wie ein böser Traum vor. Jetzt, im hellen Licht des Tages, schämte sie sich beinahe, dass sie solche Angst gehabt hatte. Und noch mehr schämte sie sich dafür, dass sie nach dem Frühstück nicht gleich den Tierarzt angerufen hatte, um ihm zu sagen, dass alles wieder in Ordnung sei – daran hätte sie wirklich denken sollen.

»Eigentlich hätte ich wissen müssen, dass es eine Kolik ist«, gab sie jetzt zu. Sie stand bei Greg Watson und Alex im Stall. Greg untersuchte den Hengst, während Alex die Zügel hielt.

Dass Alex an diesem Morgen so früh aufgetaucht war, hatte Claire mit Heiterkeit erfüllt. Auch wenn er jetzt im Stall stand und den Anschein zu erwecken versuchte, dass er wegen des Pferdes gekommen sei. Claire war sich ziemlich sicher, dass es einen ganz anderen Grund dafür gab: Tess, die aber eben auf dem Weg zu Jodi und Becky war.

»Ich hätte Sie anrufen sollen«, fuhr Claire an den Tierarzt gewandt fort. »Jetzt sind Sie eigentlich umsonst hergekommen. Tut mir Leid.«

Greg Watson lächelte sie freundlich an. »Mir tut es Leid, dass ich Ihnen trotzdem eine Rechnung schicken muss«, antwortete er scherzhaft, während er weiter Scirocco untersuchte.

»Und du hast auch Pech gehabt«, fuhr Claire an Alex gewandt fort. »Du wolltest sicher Tess treffen. Aber die ist unterwegs. Draußen, bei den Jungkühen. Ich weiß nicht, wann sie wiederkommt …«

Eine merkwürdige, kaum sichtbare Veränderung in Alex' Gesichtsausdruck ließ Claire mit einem Mal verstummen.

Während sie selbst Alex anblickte, bemerkte sie, wie die beiden Männer einen beunruhigten Blick wechselten. Es schien, als habe plötzlich zwischen ihnen eine wortlose Verständigung stattgefunden. Irgendetwas lief hier verdammt schief, und Alex und Greg wussten offenbar noch nicht, wie sie es Claire beibringen sollten …

Claire sah kurz zwischen den beiden Männern hin und her. »Ach, ich sollte vielleicht …«, begann sie. Ihr Herz schlug plötzlich bis zum Hals. »Ich … ich muss unbedingt selbst mal eben hinaus. Zu den Jungkühen«, sagte sie dann schnell. »Ich bin aber bald wieder zurück.« Damit verließ sie den Stall, als könne sie auf diese Weise einer weiteren Katastrophe entgehen, von der sie zwar etwas ahnte, die sie aber nicht wahrhaben wollte.

Draußen rief sie nach Meg. »Wo ist der Pick-up-Schlüssel? Ich muss kurz rausfahren.«

Meg sah sie überrascht an. »Aber mit dem Pick-up ist doch Tess unterwegs.«

»Ach ja, stimmt ja.« Claire war plötzlich wieder blass geworden. Aber anders als nach einer durchwachten Nacht. Es war die Blässe der Angst, der Ohnmacht, des Entsetzens … »Ich kann ja eins der Pferde nehmen«, fuhr sie fort, während sie verstört, mit auf den Boden geheftetem Blick, zurück zu den Ställen lief. »Ich könnte Star nehmen. Obwohl, Star … Nein, Star ist noch nicht so weit …« Claire war ganz in Gedanken, als mit einem Mal Alex vor ihr stand.

Claire blieb wie angewurzelt stehen. Erschreckt wie ein Kind sah sie in seine Augen. Sie waren zu zwei schmalen Schlitzen zusammengepresst.

»Claire«, begann er, und in diesem Moment wusste Claire, was er ihr sagen würde. »Es geht um Scirocco. Er

… er hat einen Tumor. Greg sagt, er hatte es schon befürchtet, als er gestern hier war. Er war sich nicht sicher. Aber jetzt, nachdem er ihn untersucht hat, hat er keinen Zweifel mehr.«

Claire hatte das Gefühl, dass der Boden von Drover's Run unter ihren Füßen wankte. Sie atmete tief durch, suchte nach ihrem Gleichgewicht. »Gut, dann wird er operiert werden müssen.« Ihre Stimme klang fest und entschieden.

Alex sah sie noch immer unverwandt an. Er schüttelte kaum merklich den Kopf. »Dazu ist es zu spät, sagt Greg. Der Tumor ist zu weit fortgeschritten.«

Dies waren die Worte, auf die Claire sich fast die ganze Nacht eingestellt hatte. Trotzdem trafen sie sie mit voller Härte. Claire hatte das Gefühl, förmlich darunter zu ersticken.

»Wenn du willst, kann Greg ihn einschläfern«, bot Alex an. »Oder ich … ich kann …« Er sprach nicht zu Ende. Dennoch wusste Claire, was er gemeint hatte.

Sie schüttelte mit einer schwachen Bewegung den Kopf. »Nein«, antwortete sie, während ihr Blick langsam verschwamm. »Ich mache es selbst. Ich … ich werde ihn begleiten.«

Als Claire ihre Flinte aus dem Schrank holte, flossen Tränen aus ihren Augen. »Okay, Dad«, sagte sie mit dennoch entschlossener Miene. »Du willst ihn also haben. Schön, dann bekommst du ihn.« Sie nahm das Gewehr und überprüfte kurz seine Gängigkeit. Dann holte sie die Patronen aus der abschließbaren Schreibtischschublade, die sie mit einer heftigen, harschen Bewegung wieder zuschob.

Obwohl es auf den Mittag zuging, schien die Luft mit einem Mal kühler geworden zu sein. Fröstelnd zog Claire ihre Jacke zu, als sie Scirocco am Zügel aus dem Stall führte. Sie hatte einen Weg vor sich, der schwerer nicht sein konnte.

Seit dem Tag des Rodeos hatte sie gefühlt, dass mit Scirocco etwas nicht stimmte. Es war weniger die Beobachtung gewesen, dass der Hengst empfindlich auf das Streicheln seiner Flanke reagiert hatte, als vielmehr die Ahnung, dass das Glück, das Pferd ihres Vaters zu übernehmen, es in gleicher Weise reiten zu können und ihren Vater damit noch eine Weile länger in ihrer Nähe zu halten, nur kurze Zeit währen würde.

Müde trottete der Hengst hinter Claire her. Er hatte seinen Kopf gesenkt. So sehr Claire versuchte, diesen Gedanken zu verdrängen, er tauchte doch immer wieder in ihrem Kopf auf: Ob Scirocco wusste, wo Claire ihn hinbrachte? Ob er ahnte, dass sein Leben nun zu Ende ging? Dass es beendet werden würde durch Claires Hand?

Der Weg führte bergauf. Claire wusste, wohin sie das Pferd führen wollte. Seit Jacks Tod war ihr klar gewesen, dass an diesem Ort eines Tages auch Scirocco sein Leben aushauchen würde: an der kleinen Steinhütte, auf der Kuppe des Hügels. Dort, wo auch Jack, Sciroccos wirklicher und einziger Herr und Meister, ebenfalls gestorben war, und wo das Pferd die Totenwache gehalten hatte.

Unterdessen kamen Tess, Jodi und Becky nach Hause. »Mom!«, rief Jodi aufgeregt und stürzte durch den Flur. »Mom! Stell dir vor: Wir waren gerade Geburtshelfer.« Es war ungewöhnlich, dass Jodi von Vorgängen auf der Farm in so begeistertem Ton sprach. Normalerweise ließ sie sich nur widerwillig zur Arbeit bewegen.

»Ja, das stimmt«, pflichtete Tess bei. »Wir haben ein Kälbchen auf die Welt gebracht.« Sie war noch ganz atemlos von den Erlebnissen der letzten Stunden. Es war ihr gelungen, Hilfe für die kalbende Kuh zu holen. Wenn auch nicht allzu erfahrene Hilfe: Jodi und Becky hatten jedoch bei mancher Geburt zugesehen und wussten immerhin theoretisch, wie man einem Kälbchen auf die Welt half. Und sie hatten es geschafft! Mit gemeinsamen Kräften hatten sie einen hübschen kleinen Stier zur Welt gebracht. Dann hatten sie sich allerdings schnell aus dem Staub gemacht.

»Für den Fall, dass wir es mit noch einer überbesorgten Mami zu tun haben, die rot sieht, wenn sie für ihren

Liebling Gefahr wittert«, wie Jodi als Anspielung auf Meg scherzhaft hinzugesetzt hatte.

»Hey, Mom, was ist denn los?« Es war Jodi, die als Erste bemerkte, dass Megs ansonsten stets gute Laune merkwürdig gedämpft war.

»Ist Claire nicht da?« Tess brannte darauf, ihrer Schwester von der Geburt des Kälbchens zu erzählen. Sie sollte doch endlich merken, dass Tess zu mehr zu gebrauchen war, als den Laufburschen zu spielen.

Meg stellte den Bilderrahmen mit dem Foto von Jack und Scirocco, den sie gerade in der Hand gehalten und betrachtet hatte, zurück auf den Tisch mit dem Telefon. »Claire ist weg. Mit Scirocco«, antwortete sie tonlos.

»Mit Scirocco?«, wiederholte Tess. »Aber wohin …?«

Im gleichen Moment wusste sie die Antwort selbst. Allen war klar, was gemeint war.

Einen Augenblick lang schien sie unschlüssig zu sein, dann wandte sie sich abrupt um und verließ das Haus.

Seitdem Tess auf Drover's Run angekommen war, hatte sie Oskar nicht allzu oft gesattelt. Trotzdem gelangen ihr die Handgriffe nun, als hätte sie nie in ihrem Leben etwas anderes getan. Sie wusste, dass es jetzt keine Alternative gab. Weder zu Fuß noch mit dem Pick-up oder dem Käfer hatte sie eine Chance, zu Claire zu kommen. Sie musste ihr einfach beistehen. Vielleicht wurde ihrer Schwester heute zum ersten Mal wirklich bewusst, dass sie jemanden brauchte. Einen Menschen, der ihr nahe war und ihr die Hand hielt.

»Mach mir jetzt keinen Ärger!«, zischte Tess dem alten Hengst ins Ohr, sobald sie im Sattel saß. Dann drückte sie ihre Fersen in seine Flanken, und Oskar trabte los.

Schon von weitem sah sie den Hügel, auf dem die kleine Steinhütte stand. Intuitiv war Tess hierher geritten. Es konnte nur dieser Ort sein. Der Ort, an dem Claire ihren Vater zum letzten Mal gesehen hatte.

Obwohl Scirocco nur noch mit kleinen Schritten vorankam, waren die beiden inzwischen angekommen. Claire musste sich die Tränen aus den Augen wischen, immer wieder. »Er will dich bei sich haben«, sagte sie, als sie endlich stehen blieben und sie ihr Gesicht an den großen Kopf des Pferdes schmiegte. »Er ruft dich. Und ich bleibe allein hier zurück.«

Scirocco stieß ein tiefes, qualvolles Brummen aus. Dann ging er in die Knie und sackte in sich zusammen.

Claire fasste den Zügel. Noch einmal zog sie den Kopf des Hengstes vorsichtig zu sich heran und rieb ihren Kopf an seinem mächtigen Schädel. Ihr Schmerz und der Schmerz des Tieres nahmen ihr schier den Atem. »Scirocco«, flüsterte sie tränenerstickt. »Scirocco!«

Sie drückte einen letzten Kuss auf die Wangenknochen des Hengstes, dann richtete sie sich mühsam auf. Sie nahm ihre Waffe und stellte sich ein paar Schritte entfernt, außerhalb des Sichtwinkels des Pferdes auf.

Sie entsicherte das Gewehr, lud durch und hob es in die Höhe. Ihr Finger umklammerte bereits den Abzug.

Da schüttelte sie ein neuer Weinkrampf. Sie musste das Gewehr absetzen.

Als ihr Blick wieder klarer wurde, hob sie die Waffe erneut. Sie atmete durch, zielte und drückte ab.

Gellend zerriss der Schuss die Luft. Wie ein endgültiger Schnitt zwischen Himmel und Erde.

Als Tess ihn hörte, fuhr sie zusammen. Auch ihr Pferd zuckte. Aber Tess hatte Oskar fest im Griff. »Ruhig«, beschwor sie ihn. »Ruhig!«

Sie sah auf die Anhöhe des vor ihr liegenden Hügels. Eine Gestalt zeichnete sich jetzt dort ab. Winzig klein, aufrecht gehend – und doch merkwürdig gebrochen und gebeugt.

Tess trieb Oskar an und ritt auf die Gestalt zu. Als sie nur noch wenige Schritte voneinander entfernt waren, zügelte Tess das Pferd und stieg ab.

Claires Gesicht war von Tränen überströmt. Es war nicht zu erkennen, ob sie ihre Schwester wirklich wahrnahm. »Ich hätte früher nachsehen sollen«, stammelte sie weinend. »Ich hätte früher nachsehen sollen.«

Ohne Widerstand zu leisten, ließ Claire sich von Tess das Gewehr abnehmen. »Jack, dieser Sturkopf«, sagte sie wie zu sich selbst. »Er hat Scirocco bei sich haben wollen. Ich musste … ich musste ihn gehen lassen. Er ließ mir keine Wahl.« Sie machte einige Schritte um ihre

Schwester herum, als müsse sie den Schmerz, der sie umfing, aus ihrem Körper lassen. »Ich hätte eher nachsehen müssen«, wiederholte sie noch einmal, während Tess sie am Arm berührte, sie schließlich zum Stehen brachte und sie beruhigend streichelte.

»Komm«, sagte sie dann. Sie umfasste ihre Schwester und führte sie schweigend zu Oskar.

Für einen kurzen Moment gab sie Claire das Gewehr zurück, während sie sich in den Sattel hinaufschwang. Dann nahm sie die Flinte, befestigte sie am Sattel und half Claire mit einer Armbewegung ebenfalls auf das Pferd hinauf.

Ein letztes Mal sah Claire zu der Hügelkuppe empor. Einsam und verlassen zeichnete sich die alte Steinhütte vor dem blassblauen Himmel ab.

»Gehen wir nach Hause«, sagte Tess leise. Sie legte die Hand ihrer Schwester um ihren Bauch herum, damit Claire sich festhalten konnte, und drückte ihre eigene für einen Moment darauf.

Während sie langsam nach Drover's Run zurückritten, spürte Tess an ihrem Rücken den Körper ihrer Schwester, von Weinkrämpfen geschüttelt.

12. Kapitel

Der Verlust von Scirocco war hart für Claire. Und auch Tess tat es unendlich Leid, dass Jacks Pferd seinem Herrn gefolgt war. Andererseits hegte sie die stille Hoffnung, dass vielleicht nun eine größere Annäherung zwischen ihr und Claire möglich wäre. Am Abend nach Sciroccos Gnadenschuss hatte es jedenfalls so ausgesehen. Die Schwestern hatten zusammen am Kaminfeuer gesessen und Jacks alten Scotch getrunken. Zur Erinnerung an ihn und an sein Pferd.

Schon wenige Tage darauf aber hatte Claire eine neue Beschäftigung gefunden, die sie vollkommen ausfüllte. Sie wollte die junge Stute Blaze einreiten, eine Tochter von Scirocco. Zunächst musste das Pferd an die ständige Präsenz eines Menschen gewöhnt werden, der mit ihm sprach und sich kümmerte. Erst wenn das gelungen war, konnte man das Tier an einen Sattel gewöhnen und es später auch einreiten.

Tess lehnte über dem Gatter der Koppel und sah ihrer Schwester zu. »Kann ich dir irgendwie helfen?«, bot sie wieder einmal an.

Claire schüttelte den Kopf, ohne dabei die Stute nur einen Moment aus den Augen zu lassen. »Nein, danke. Die Sache ist ein bisschen kompliziert ...«, antwortete sie.

Seufzend stieß Tess sich vom Gatter ab. Nichts hatte sich geändert! Und allmählich schien es ihr auch, als würde sich nie mehr etwas ändern! Wo immer sie anpacken wollte – es war nicht nötig. Selbst Meg und Jodi, die heute Morgen irgendetwas auf den Pick-up luden, hatten Tess' Hilfsangebot freundlich lachend abgelehnt, weil sie zu zweit schon damit fertig wurden.

Jetzt stand Tess in der Küche. Der Vormittag war bereits halb vorbei, und Tess hatte seit dem Morgen noch nichts Vernünftiges zuwege gebracht. Im Radio erzählte eine Frauenstimme irgendeinen Unfug über eine tote Katze, die sie unter einem Kumquats-Baum begraben hatte, und dass dieser Baum im darauf folgenden Jahr den besten Ertrag seit Jahren geliefert hatte.

Tote Katzen, Kumquats und Schafscheiße, dachte Tess entnervt. Soll das das Leben auf dem Lande sein?

In diesem Moment klopfte es an das Küchenfenster. Es war Bob, der einarmige Postbote. »Kann es sein, dass Sie ein Paket erwarten?«, rief er Tess durch das Fenster zu, während er einen großen Karton auf seiner einzigen Hand balancierte.

Das ist sie! Die Erlösung!, jubelte Tess innerlich. »Ein Paket erwarten?«, wiederholte sie. »Erwarten ist gar kein

Ausdruck. Ich fiebere ihm entgegen!« Dann rannte sie durch die Diele zur Tür, um Bob die Sendung abzunehmen.

Tess hielt es kaum mehr aus, bis sie das Paket auspacken konnte. Sie wechselte noch ein paar freundliche Worte mit Bob, dann riss sie die Verpackung auf. »Bitte, bitte, lass es die Maschine sein!«, betete sie leise vor sich hin. Dabei ließ der Absender ihrer Freundin Briony aus Melbourne kaum einen Zweifel daran.

Vorsichtig grub Tess sich durch das Verpackungsmaterial. Ihre Hände stießen auf etwas Hartes, Metallisches. Sie zog den Gegenstand aus der Schachtel. Es war eine hübsche kleine und kompakte Espressomaschine.

Genauso hübsch wie Claires junge Stute, schoss es Tess mit einem Lachen durch den Kopf. Nur eben kein Pferd.

Endlich, endlich! Ein Stück Zivilisation und städtische Kultur waren auf der Farm angekommen. Tess konnte es kaum erwarten, ihren ersten Espresso aufzubrühen – und natürlich alle an diesem kleinen Wunderwerk teilhaben zu lassen. Sie sah auf ihre Uhr. Bald würden die anderen zum Mittagessen kommen. Und dieses Mittagessen sollte die feierliche Einweihung der ersten Espressomaschine auf Drover's Run werden.

Sie hielt die Maschine noch einmal vor sich in die Höhe und sah sie liebevoll an. Dann schenkte sie der

Teekanne, die ihre einzige Rettung vor dem auf der Farm sonst üblichen Instant-Kaffee gewesen war, einen letzten verächtlichen Blick.

Eine gute halbe Stunde später hatte Meg das Mittagessen auf den Tisch gestellt. Jodi und Becky saßen bereits und griffen mit gutem Appetit zu. Claire schien über ihre junge Stute die Welt um sie herum zu vergessen. Und dass sie Hunger haben könnte, erst recht.

»Seht mal hier«, sagte Tess und stellte ihre Espressomaschine auf den Küchentisch. Sie war bereits mit Wasser gefüllt und eingeschaltet, damit die Vorstellung möglichst eindrucksvoll verlaufen konnte. »Die habe ich mal ersteigert«, erklärte Tess. »Gebraucht, aber günstig. Und jetzt hat sie eine Weile bei meiner Freundin Briony gestanden.«

Meg schenkte der Maschine einen skeptischen Blick, während sie einen Teller mit Würstchen brachte. »Du meinst wohl: im Weg gestanden. Braucht man wirklich so ein Ding, um Kaffee zu kochen?«, fragte sie skeptisch.

»Es ist ein etwas anderer Kaffee als die Instant-Brühe, die ihr gewöhnt seid.« Man konnte die Begeisterung in Tess' Stimme deutlich hören. »Und ich wette, wenn ihr erst einmal einen Cappuccino probiert habt, wollt ihr nichts anderes mehr trinken. Also, wer will denn den ersten?«, fragte sie, während Meg die Maschine weiter zweifelnd betrachtete.

»Für mich keinen Cappuccino, sondern einen doppelten Macchiato bitte«, warf Jodi fachmännisch ein. »Mit aufgeschäumter Milch. Den haben wir auf der Highschool immer getrunken.«

»Na, Jodi, dann war die lange Schulzeit ja wenigstens nicht ganz umsonst«, warf Meg vom Herd aus ironisch ein.

Mit siegessicherem Lächeln füllte Tess das Kaffeepulver in das kleine Sieb. Sie drehte den Siebhalter fest, stellte eine Tasse unter die Tüllen und drückte den Knopf zum Filtern.

Leise brummend und fauchend setzte sich die Maschine in Gang. Und im selben Augenblick ging das Licht aus, und das Fauchen verklang.

Meg war die Erste, die die Situation erfasste. »Stromausfall«, stellte sie fest und legte das Tuch zur Seite, mit dem sie eben noch eine heiße Platte angefasst hatte. »Hoffen wir mal, dass es nur die Sicherung ist.« Damit verließ sie die Küche und ging in den Flur, um das Problem zu beheben.

«Oh je», seufzte Tess. Sie sah auf ihre Maschine, die mit einer halb gefüllten Tasse vor ihr stand. »Heute ist wohl nicht mein Tag …« Sie zog vorsichtshalber den Stecker aus der Steckdose, dann folgte sie Meg zu den Sicherungen.

Das ist hier aber auch echt mittelalterlich«, schimpfte sie, als sie zurück in die Küche kam. Jodi und Becky waren verschwunden. Dafür war Claire jetzt da. Sie hatte schon versucht, den Wasserkessel anzuwerfen – umsonst. Jetzt betrachtete sie versonnen die Küchenlampe.

»Oh, hallo«, meinte Tess. »Da ist eine Sicherung herausgeflogen«, erklärte sie mit einer vagen Geste Richtung Flur. »Aber keine Angst, ich kriege das wieder hin.«

»Lass mich raten, woran es lag«, antwortete Claire säuerlich. Sie hatte sich auf einen Kaffee gefreut. Daraus wurde jetzt wohl nichts. »An deinem Föhn?«

»Wieso mein Föhn? Nein, daran lag es nicht. Hier ist eben einfach alles alt und kaputt. Versuch jetzt nicht, mir die Schuld zu geben, Claire.«

»Und was ist das da?«, entgegnete Claire und zeigte auf die Espressomaschine.

»Eine italienische Kaffeemaschine. Ich habe sie gekauft. Weil ich dachte, du freust dich«, antwortete Tess. Dass sie das Ding längst gehabt hatte und selbst auf Cappuccino-Entzug war, musste sie Claire ja nicht auf die Nase binden.

»Ich brauche dieses Ding nicht«, antwortete Claire. »Dann habe ich auch keine Probleme mit der Elektrizität.«

»Also, du machst es dir ja einfach!«, gab Tess zurück. »Du läufst jeden Morgen draußen herum und kontrollierst, ob die Zäune in Ordnung sind, die Tränken und wer weiß was noch alles. Und deine Tiere, die Schafe, die Rinder und die Pferde gehen dir über alles. Hier im Haus aber kümmerst du dich um gar nichts. Bei dieser vorsintflutlichen Stromversorgung kannst du froh sein, dass das Haus noch nicht abgebrannt ist. Die Bäder sind Schrott, das Dach ist undicht …«, zählte sie auf.

»Tess!«, fiel Claire ihr jetzt ins Wort. Ihre Augenbrauen waren vor Zorn fast zu einer durchgehenden Linie zusammengezogen. »Es reicht! Ich lasse mir von dir nicht vorschreiben, wie ich die Farm zu führen habe.«

Da war es wieder! Kein Wort davon, dass Tess durchaus ein amtlich festgelegtes Recht auf Mitsprache auf Drover's Run hatte.

Tess war jetzt richtig sauer. »Vielleicht täte es dir aber ganz gut, wenn du hin und wieder einen Rat annehmen könntest. Dir und der Farm!« Damit drehte sie sich um und stapfte wütend aus der Küche.

»Wo willst du hin?«, rief Claire ihr nach, während sie hinter ihrer Schwester herrannte.

Tess stieg bereits in ihren Käfer. »Ich brauche einen Cappuccino. Und wenn ich dafür bis Melbourne fahren muss.«

Tess hatte nicht wirklich vor, für einen Cappuccino vierhundert Kilometer zurückzulegen. Aber bis nach Pinnaroo – das hätte sie sich schon vorstellen können.

Außerdem tat es einfach gut, Drover's Run wenigstens mal für ein paar Stunden hinter sich zu lassen. Während der letzten Tage hatte es ausgiebig geregnet, und die Landschaft war zu neuem Leben erwacht. Einige Gräser und kleinere Pflanzen sahen aus der sonst trockenen Erde hervor. Vielleicht verschaffte ihr allein dieser Anblick ein Stück Entspannung, hoffte Tess.

Mit einem Mal tauchte ein Hindernis vor ihr auf. Mitten auf der Straße stand eine Kuh und schaute dem orangefarbenen Käfer aufmerksam entgegen.

Tess blieb stehen. Sie klatschte ein paar Mal in die Hände, aber die Kuh rührte sich nicht. Tess drückte auf die Hupe. »Aus dem Weg, Kuh! Los, beweg dich!«, rief sie über die Windschutzscheibe ihres geöffneten Cabrios hinweg. »Hopp, mach schon! Schieb ab!«

Die Kuh bewegte sich keinen Zentimeter. Offenbar erreichte die Botschaft das Rinderhirn nicht. Sie sah Tess seelenruhig an.

»Du bist genauso stur wie meine Schwester«, ließ Tess die Kuh wissen. »Und weißt du, was? Mach doch, was du willst!« Damit legte sie den Rückwärtsgang ein, setzte ein Stück zurück und lenkte den Wagen dann vorwärts über den unwegsamen und mit Gras bewachsenen Seitenstreifen.

Sie war noch nicht ganz an der Kuh vorbei, als das Auto plötzlich nicht mehr vorwärts kam. Tess gab Gas – umsonst. Sie öffnete die Tür und sah zur Hinterachse.

Die Räder steckten in Vertiefungen, die wahrscheinlich von einer großen Landmaschine stammten. Gestern hatte es stark geregnet, und in den Vertiefungen stand Wasser. Auf dem matschigen Untergrund fanden die Reifen keinen Halt und drehten durch.

»Mist!«, stieß Tess aus. »Ich sag doch, das ist heute nicht mein Tag!« Sie gab nochmals Gas. Wieder drehten die Räder durch, der Motor heulte auf.

Tess stieg aus und sah sich die Bescherung an. Die Kuh muhte ihr zu. »Großartig«, meinte Tess nur. »Daran bist du schuld.«

Tess holte ihr Handy aus dem Handschuhfach. Sie tippte eine Nummer ein, aber wie erwartet hatte sie keinen Empfang. »Mist!« Wütend knallte sie das Handy auf den Beifahrersitz.

Jetzt muhte die Kuh wieder. Dann setzte sie sich langsam und gemächlich in Bewegung.

»Ach so, und jetzt haust du ab? Aha. Natürlich! Immer dasselbe!« Mit einem Seufzer stieg sie wieder in ihr Auto, stellte die nackten Füße auf die Ablage vor der Windschutzscheibe, schloss die Augen und ließ sich die Sonne auf das Gesicht scheinen.

Die Vögel zwitscherten, die Wolken zogen über das Land, und außer dem leisen Säuseln des Windes war nichts zu hören.

Irgendwann wurde Tess klar, dass es durchaus länger dauern konnte, bis hier jemand vorbeikam, der ihr helfen konnte. Von wegen Cappuccino, dachte sie seufzend. Sie zog ihr T-Shirt aus und sank ein Stück tiefer in ihren Sitz.

Als Tess wieder auf die Uhr sah, war schon später Nachmittag. Sie war drauf und dran gewesen, ein wenig einzuschlummern. Aber jetzt hörte sie plötzlich ein Motorengeräusch. Sie schlug die Augen auf.

Auf einem Motorrad näherte sich ein Mann. Bei näherem Hinsehen erkannte Tess, dass es Alex Ryan war. Schnell zog sie ihr T-Shirt wieder an. Dann war Alex auch schon bei ihr.

»Nanu? Wo wollen Sie denn hin?«, erkundigte er sich mit einem eigenartigen Grinsen. Offenbar kam es ihm komisch vor, Tess hier sozusagen im Straßengraben zu finden.

»Nach Pinnaroo«, gab Tess ein wenig verlegen zu. Hatte Alex bemerkt, dass sie bis vor wenigen Augenblicken kein Oberteil angehabt hatte? »Einen Cappuccino trinken.«

Alex warf einen skeptischen Blick auf die Hinterräder. »Wird wohl nichts draus?«, meinte er, ohne näher darauf einzugehen, dass es bis Pinnaroo noch ziemlich weit war. Vor allem, wenn man nur einen Cappuccino trinken wollte.

»Nur dass Sie es wissen«, antwortete Tess, und sie merkte selbst, dass sie mit einem Mal wieder ein bisschen bockig klang. Wohl eine Nachwirkung des Streits mit ihrer Schwester. »Wenn es sein muss, komme ich hier auch alleine wieder weg.«

Alex sah sie an. Dann stieg er lächelnd von seinem Motorrad.

Claire hatte sich nicht weiter darum gekümmert, dass ihre Schwester ärgerlich abgezogen war. Und wenn sie dreimal Recht hatte, dass das Haus ein wenig heruntergekommen war - mit der Führung des Haushalts konnte die Farm kein Geld verdienen. Und Geld verdienen war nun mal leider die Hauptaufgabe auf Drover's Run.

Fast den ganzen Tag hatte Claire sich mit Blaze beschäftigt. Sie war ein wunderschönes Tier - aber eben ein Nachkömmling ihres Vaters. Ebenso stur wie Scirocco - oder auch wie Jack es gewesen war.

Jetzt war es fast Abend. Claire hatte das Training mit dem Pferd beendet, und auch die übrigen Arbeiten auf der Farm waren, für diesen Tag, so gut wie getan. Alle Arbeiten jedenfalls, die Jodi, Meg und sie selbst erledigen mussten.

Denn völlig unvermutet hatte es schon am Vormittag eine Veränderung auf Drover's Run gegeben. Beckys Mutter war aufgetaucht und hatte ihrer Tochter erklärt, dass sie sie wieder zu Hause haben wollte. Claire wusste, dass die Beziehung zwischen Becky und ihrer Mutter, die einen Truck-Stop in der Stadt führte, eigentlich nicht die beste war. Trotzdem war Becky bereit, wieder nach Hause zurückzukehren – und Claire riet ihr zu. Auch wenn die Farm auf Beckys tatkräftige Unterstützung kaum verzichten konnte. Aber Familie war eben Familie. Das sagte Claire auch der jungen Frau.

Jetzt kehrte Claire zum Haus zurück, wo Meg auf der Veranda saß. »Unglaublich«, stieß sie aus und griff nach einer Dose Bier, die Meg auf dem Tisch für sie bereitgestellt hatte. »Tess dampft einfach ab und lässt sich nicht mehr blicken. Sie ist wohl tatsächlich nach Melbourne gefahren, um ihren albernen Kaffee zu trinken. Ob sie überhaupt noch mal wiederkommt?«

Meg konnte sich ein leichtes Grinsen kaum verkneifen. Dass Claire und Tess nicht einer Meinung waren, daran hatte sie sich seit Tess' Ankunft gewöhnt. Dass Claire sich um ihre Schwester jetzt offenbar sorgte, das war eine Neuerung in den geschwisterlichen Beziehungen.

»Tess? Ach, die hat doch vorhin angerufen«, sagte Meg und tat so, als wunderte sie sich, dass Claire davon nichts mitbekommen hatte. »Sie ist bei den Ryans. Ihr Auto ist liegen geblieben, und Alex hat sie aufgegabelt. Sie sagt, sie bleibt zum Abendessen.«

»Wie? Tess ist bei den Ryans?«, platzte Claire geradezu heraus.

Meg sah sie fragend an.

»Ach so.« Claire gab sich sichtlich Mühe, gleichgültig zu klingen. Vielleicht auch, um sich selbst nicht eingestehen zu müssen, dass sie sich ernsthaft Sorgen gemacht hatte um ihre kleine Schwester. Was aber offenbar überhaupt nicht nötig gewesen war, weil sie in aller Ruhe bei den Nachbarn saß. »Bei den Ryans«, wiederholte sie. »Na dann.«

Tatsächlich hatte Alex, nachdem er einen Achsenbruch an Tess' Wagen festgestellt hatte, Tess auf die Farm seiner Eltern mitgenommen. Im Stillen beschlich Tess zwar der vage Verdacht, dass sich diese Diagnose recht bald wieder als Irrtum herausstellen könnte. Aber bis dahin war sie bereit, sich in ihr Schicksal zu fügen.

Schlammbesudelt kamen sie mit Alex' Motorrad auf Killarney an. Während die beiden versucht hatten, den Wagen freizubekommen, hatte sich eine freundschaftliche kleine Schlammschlacht zwischen Tess und Alex entwickelt. Und beide hatten sich dabei bestens amüsiert. Auch wenn nicht ganz klar war, ob es sich bei dem Wurfmaterial um Schlamm oder viel eher um Kuhmist handelte.

Schon als sie das Haus betrat, war Tess von dem ländlichen Luxus und der Gediegenheit überwältigt. »Das ist hier wie in einem Jane-Austen-Roman«, stellte sie begeistert fest. »Da traut man sich ja höchstens, durch den Hintereingang zu gehen.«

Der Hausherr Harry Ryan und dessen Frau Liz kamen, um den Gast zu begrüßen.

»Ich habe schon viel von Ihnen gehört«, sagte Liz Ryan, nachdem sie einander vorgestellt worden waren. »Ich dachte, Sie bleiben nur für einen Kurzbesuch auf Drover's Run?«

»Tja, so war es geplant«, gab Tess zu. »Aber … nun ja.« Sie wollte lieber nicht darüber sprechen. Die Schwierigkeiten, die ihre Schwester und sie miteinander hatten, gingen schließlich niemanden etwas an. Hinzu kam, dass sie sich ohnehin schon etwas komisch vorkam – mit ihrem schlammbespritzten T-Shirt inmitten dieser edlen ländlichen Eleganz. »Alex, hatten Sie mir nicht ein Bad versprochen, in das ich erst einmal kurz eintauchen kann?«

»Oh, doch, natürlich«, antwortete Alex eifrig. »Ich bringe Sie gleich rauf …«

»Ach, Alex …« Die Stimme von Liz Ryan klang freundlich – und gleichzeitig unerbittlich. »Wenn du nichts dagegen hast – ich denke, dass sich Miss Silverman den Weg doch lieber von mir zeigen lassen möchte. Von Frau zu Frau, du verstehst?«

Tess folgte Liz in das obere Stockwerk des Hauses. Hier befand sich ein wundervolles Bad. Es war nicht übertrieben, bot aber dennoch einen gewissen Luxus. Nicht zuletzt durch die vielen flauschigen Handtücher, die blütenweiß und akkurat gefaltet dem Benutzer zur

Verfügung standen. Aber auch verschiedene Badeessenzen, Shampoos und Cremes entdeckte Tess.

»Ach!« Tess war beeindruckt. »Ich wusste doch, dass das Leben auf dem Land nicht nur furchtbar sein kann!« Sie lief auf den kleinen Tisch mit dem Shampoo und den weiteren Essenzen zu. »Das Shampoo benutze ich auch!«, jubelte sie, als sie die Flaschen erkannte. »Und diese Haarspülung!«

Liz schenkte ihr ein nachsichtiges Lächeln. »Wenn Sie Ihre schmutzigen Sachen vor die Tür legen, dann kümmere ich mich darum. Und für die Zwischenzeit bringe ich Ihnen etwas anderes zum Anziehen«, versprach sie.

Tess genoss es in vollen Zügen, nach so langer Zeit einmal wieder in einer Badewanne zu liegen. Die Wanne auf Drover's Run hatte wahrlich nicht dazu eingeladen.

Irgendwann klopfte es an der Tür. »Kann ich Ihnen irgendwie helfen?«, fragte Alex' Stimme.

Tess konnte ein Lachen kaum unterdrücken. »Sonst noch Fragen?«, gab sie zurück. »Nein, nein«, antwortete sie dann. »Ich komme schon allein zurecht. Vielen Dank.«

Sie hätte Stunden in der Wanne bleiben können, in dem warmen, nach Sandelholz und Rosen duftenden Wasser. Da sie aber Gast auf Killarney war, musste Tess doch nach einer für sie viel zu kurzen Zeit die Badewanne wieder verlassen. Sie hatte sich gerade abgetrocknet und begonnen sich einzucremen, als es wieder an der Tür klopfte und im selben Augenblick von außen geöffnet wurde.

»Alex!«, schrie Tess auf. Sie raffte in aller Eile ein Handtuch und hielt es vor sich. »Alex, Sie sollten wenigstens eine halbe Sekunde warten, nachdem Sie angeklopft haben ... Oh, Nick ...«, hielt sie dann verblüfft inne. Tatsächlich war es Alex' Bruder Nick, der da vor Tess im Bad stand. Er fühlte sich wohl selbst ein wenig überfordert von der unerwarteten Situation. Jedenfalls verzögerte sie seine Reaktionszeit beträchtlich. Anstatt sofort wieder aus dem Bad herauszugehen, stand er wie angewurzelt vor Tess und lächelte sie an.

»Was ist?«, fragte Tess. »Wollen Sie nicht einfach wieder hinausgehen?«

»Doch, sicher«, antwortete Nick, rührte sich aber noch immer nicht vom Fleck. »Bis später«, sagte er schließlich und drehte sich um.

»Bis später«, antwortete Tess. Erst jetzt bemerkte sie, dass sie die ganze Zeit vor einem großen Spiegel gestanden hatte, der Nick eine fabelhafte Aussicht auf ihre nackte Rückseite gewährt hatte.

Das Kleid, das Liz Ryan ihr zwischendurch ins Bad gereicht hatte, war nicht gerade die neueste Mode. Allerdings sollte es sowieso in die Altkleidersammlung, wie die Hausherrin ihr mitgeteilt hatte. Tess konnte ihm mit ein paar Handgriffen einen modischeren Touch verleihen. Und sie genoss es, dass alle aufsahen, als sie nach einer Weile damit ins Wohnzimmer zurückkam.

»Oh«, bemerkte Liz allerdings mit hochgezogenen Augenbrauen. »Dieses Kleid hatte ich ganz anders in Erinnerung.«

»Ich habe es etwas ... verändert«, gab Tess zu. »Sie sagten doch, Sie wollten es in die Altkleidersammlung geben.«

Während Liz in der Küche das Abendessen vorbereitete, hatte Tess Gelegenheit, die technische Ausstattung der Farm zu bewundern. Killarney verfügte über Computerprogramme, die die Zäune kontrollierten und den Viehbestand überwachten. Über Satellit hatte die Farm Mobilfunk-Empfang, und über Video hielten die Ryans die Tränken der Tiere im Blick.

Tess hatte das Gefühl, dass Killarney die perfekte Kombination der Vorzüge des Landlebens mit den Annehmlichkeiten der Stadt – oder zumindest der gehobenen Zivilisation – sei. Dieser Eindruck verstärkte sich, als man mit Einbruch der Dämmerung ein paar Cocktails zu sich nahm und im Hintergrund Musik aus der Stereoanlage erklang. Tess fühlte sich ausgesprochen wohl und nutzte die Gelegenheit, ihre Kenntnisse im Mixen anzubringen. Ihr Vorschlag, einen so genannten »Screaming Orgasm« zu kreieren, wurde von den Männern des Hauses mit stürmischer Begeisterung aufgenommen. Liz Ryan, die zum Aperitif wieder zu den anderen gestoßen war, schaute dagegen eher verwundert.

Schließlich begab man sich an den perfekt gedeckten Tisch, wo man bei einer kleinen Vorsuppe die Unterhaltung fortsetzte. Tess genoss es, dass die Ryan-Männer sozusagen an ihren Lippen hingen. Die durchaus geistvollen und witzigen Einwürfe von Liz Ryan schienen allerdings von Mal zu Mal spitzer zu werden.

Unterdessen hatte sich auf Drover's Run auch Claire an den Tisch gesetzt. Zu ihrem Erstaunen war nur ein Gedeck aufgelegt. Für sie.

Becky ist nicht da, und Tess kommt an diesem Abend auch nicht zum Essen, überlegte Claire. Aber was war denn mit Meg und Jodi?

»Hast du keinen Hunger?«, wandte sie sich an Meg, als sie mit einem Teller ins Esszimmer kam.

»Ich muss mich ein bisschen um Jodi kümmern. Sie ist traurig, weil Becky nicht mehr da ist – was ich persönlich ja gar nicht so schlecht finde«, vertraute sie Claire an. »Ich meine … nun ja, ich bin bei ihr wirklich mit vielem nicht einverstanden. Und ich denke, ihr Einfluss auf Jodi – der günstigste kann er nicht sein.«

»Und weil Becky weg ist, esst ihr jetzt nichts mehr?«, hakte Claire nach.

»Wir machen uns Popcorn und gucken ein Video. Wenn du willst, kannst du rüberkommen«, bot Meg an.

»Nein, danke, ich gehe heute früh ins Bett«, lehnte Claire ab. »Ich werde es genießen, ein bisschen Ruhe zu haben. Wenn Tess hier ist, die redet in einem fort. Die braucht beim Essen mehr Luft als Wasser, weil sie so viel plappert.« Noch im selben Moment war Claire sich gar nicht so sicher, ob sie wirklich überzeugend klang.

»Immerhin kostet die Luft ja nichts«, antwortete Meg begütigend.

Zur gleichen Zeit sprach man auch auf Killarney von tatsächlichen Kosten. Tess hatte ihr Missgeschick mit der Espressomaschine erzählt und erklärt, dass sie auf Drover's Run gern einiges erneuern lassen würde.

»Das heißt, Sie wollen das Haus mit einer neuen Stromversorgung ausstatten?«, wiederholte Liz nachdenklich und legte ihr Besteck zusammen. Sie hatte ein herrliches Essen gekocht, und wie Tess schon an dem wundervollen Bad, dem perfekt gedeckten Tisch und vielem mehr klar geworden war, war Liz eine hervorragende Hausfrau. Nun hoffte Tess, dass die Sättigung nach dem opulenten Mahl ein wenig dazu beitragen könnte, Liz' Bemerkungen die Spitzen zu nehmen. »Nun, da kommt eine Menge Geld zusammen, selbst wenn Drover's Run kleiner ist als unser Haus«, fuhr Liz fort. »Die Handwerker, das Material … und all die Renovierungen, die sich daran noch anschließen …«

»Das ist sicher richtig«, stimmte Tess ihr zu. »Aber letzten Endes, wenn das Haus abbrennen sollte – ich glaube, da würde als Schaden noch eine viel größere Summe entstehen.«

»Mag sein«, antwortete Liz mit hochgezogenen Brauen. »Und wenn das Konto ohnehin schon überzogen ist, dann ... nun ja, dann kommt es auf den Rest ja vielleicht auch nicht mehr an.« Ihrer Stimme war nicht anzumerken, ob sie diese Bemerkung ironisch gemeint hatte oder Tess tatsächlich in ihrem Vorhaben bestärken wollte.

Harry, Alex und Nick aber wurden bei Liz' Worten merkwürdig steif. Was Tess in ihrer Befürchtung bestätigte, dass Liz soeben eine weitere Spitze losgelassen hatte.

»Nun, es gibt ja heutzutage eigentlich kaum noch jemanden, der sein Konto nicht überzogen hat«, meldete Harry sich jetzt wieder zu Wort. »Aber der ganze Aufwand, nur um italienischen Kaffee trinken zu können«, wandte er sich mit einem charmanten Lächeln an Tess. »Das kommt mir doch ein bisschen teuer vor, meine Liebe.«

Alex hatte sich angeboten, Tess mit dem Auto nach Hause zu bringen. Beim Abschied bekam sie noch ihre Kleider in die Hand gedrückt; frisch gewaschen, gebügelt und gestärkt! Sogar die Jeans. Tess bedankte sich artig, dann war sie froh, das Haus der Ryans wieder verlassen zu können.

Während Tess mit Alex durch die Nacht fuhr, hatte auch Claire ihr Abendessen beendet. Sie hatte geduscht und war dann noch mal kurz in die Küche hinuntergegangen, um ein Glas Wasser zu trinken.

Sie hatte ihren seidigen Kimono angezogen. Es war ein Geschenk von Jack, und eigentlich fand Claire, dass er nicht zu ihr passte. Sie war keine Dame, und sie würde nie eine werden. Sie war Farmerin, mit Leib und Seele. Trotzdem wollte sie einfach mal ausprobieren, wie es sich anfühlte, ein solches Kleidungsstück auf der Haut zu tragen. Tess trug ja laufend solche Dinge. Und gerade die Abwesenheit der Schwester schien der passende Moment dafür zu sein.

Als sie die Treppe wieder hinaufkam, bemerkte sie, dass Tess' Zimmertür offen stand und ein Licht im Zimmer brannte. Typisch Tess! Über die kaputte Elektronik schimpfen und dann den ganzen Tag - vermutlich seit dem Morgen - eine Lampe brennen lassen. Ohne lange nachzudenken, trat Claire ein. Sie sah sich kurz in dem Zimmer um. Merkwürdig. Das Zimmer ihrer Schwester war so ganz anders als ihr eigenes. Überall standen und lagen kleine verspielte Dinge herum. Armbänder aus Glasperlen, Räucherstäbchenhalter. Der Kleiderschrank stand offen. Eines von Tess' bunten Sommerkleidern lugte ein Stück hervor. Claire nahm es heraus und hielt es prüfend an sich. Eigentlich steht es mir ganz gut, dachte Claire mit einem Blick in den Spiegel. Mit einem Kopfschütteln, als wundere sie sich über sich selbst, hängte sie das Kleid dann schnell zurück in den Schrank.

Sie sah sich weiter um. Auf der Frisierkommode standen Parfümflaschen. Daneben ein Stapel Fotos. Claire nahm ihn und sah ihn durch. Tess in der Stadt, mit ihren Freundinnen und Freunden. Tess am Strand, im Urlaub. Sie sieht gut aus, stellte Claire mit einem gewissen Stolz fest. Tess vor einem ihrer geliebten Cappuccinos. Tess mit einem jungen Mann. Ihr Freund? Oder vielleicht Ex-Freund? Und schließlich: ein altes Foto von zwei kleinen Mädchen, vielleicht fünf und sieben Jahre alt. Ein Kind mit dunklen, das andere mit blonden Haaren, und beide halten sich an den Händen.

Ein merkwürdiges Gefühl machte sich in Claires Brust breit. Sie wäre niemals darauf gekommen, dass Tess dasselbe Foto besaß wie sie. Und dass sie es offenbar genauso liebte und überallhin mitnahm wie sie selbst.

In diesem Moment näherte sich ein Auto dem Farmhaus. Eilig legte Claire die Bilder zurück an ihren Platz und verließ das Zimmer ihrer Schwester.

Unten im Hof schaltete Alex den Motor ab.

»Da wären wir«, meinte Tess etwas hilflos. Alles war plötzlich so merkwürdig vertraut in diesem Auto.

»Ja, da wären wir«, bestätigte Alex. »Ich hoffe, Sie besuchen uns jetzt öfter.«

Tess konnte sich ein leises Lachen nicht verkneifen. »Glauben Sie, dass Ihre Mutter sich darüber freuen würde?«

»Oh, bestimmt, sie hat selten Besuch von Frauen«, meinte Alex ahnungslos.

»Alex, Ihre Mutter mag mich nicht«, widersprach Tess und hatte Mühe, dabei ein Seufzen zu unterdrücken.

»So kann man das aber nicht sehen«, entgegnete Alex. Er beugte sich zu Tess und kam ihr dabei immer näher.

»Ich weiß ja nicht, wovor sie Angst hat«, fuhr Tess fort. »Vielleicht davor, dass ich Sie irgendwie ... zu irgendwelchen Dingen ... bringen könnte ...«

Alex kam noch ein Stück näher. Er legte seinen Arm um Tess. »Vielleicht wäre ich ja damit einverstanden«, meinte er.

»Aber Ihre Mutter ... ich meine, mich würde ja interessieren, was sie wirklich von mir denkt ...«, machte Tess einen neuen rhetorischen Versuch.

»Tess«, sagte Alex ruhig. »Wissen Sie was? Im Moment kann ich mir wirklich Schöneres vorstellen, als ausgerechnet über meine Mutter nachzudenken.« Damit senkte er seine Lippen auf ihren Mund und küsste Tess innig und lang.

13. Kapitel

Claire hatte den Abschied zwischen ihrer Schwester und Alex Ryan vom Fenster ihres Zimmers aus beobachtet. Unwillig zog sie jetzt den Vorhang ein Stück weiter vor, so als wollte sie die Szene nicht länger vor Augen haben. Als sie in ihrem kunstseidenen Morgenmantel am Spiegel ihrer Kommode vorbeikam, ließ sie ihren Kimono bis in die Taille hinabrutschen. Sie schwenkte die Hüften. »Nacht, Alex!«, versuchte sie Tess' Tonfall zu imitieren. »Das war ein wunderbarer Abend«, zwitscherte sie. Dann warf sie sich plötzlich auf ihr Bett und wühlte verzweifelt den Kopf in ihr Kissen.

Früh am nächsten Morgen wagte sie mit der Jungstute Blaze den nächsten Schritt, indem sie das Pferd vorsichtig sattelte. Einen Augenblick lang blieb die Stute wie angewurzelt stehen, doch dann begann sie plötzlich auszuschlagen und wie wild durch die Koppel zu galoppieren. Claire hatte gerade noch Zeit, sich jenseits des Gatters in Sicherheit zu bringen. Wie erwartet gestaltete sich das Unterfangen recht kompliziert.

Während sie dem wild um sich schlagenden Pferd zusah, kam Tess aus dem Haus. Ihr Gesichtsausdruck war alles andere als freundlich.

»Wieso hast du mir nichts von dem überzogenen Konto erzählt?«, stellte sie ihre Schwester zur Rede.

Claire zog die Augenbrauen in die Höhe. »Ihr habt bei den Ryans über unsere Finanzen gesprochen?«, fragte sie ungläubig nach. »Beim Abendessen?«

»Ich habe das Thema nicht angeschnitten. Aber Liz Ryan hat mir ins Gesicht gesagt, dass wir Schulden haben«, antwortete Tess aufgebracht.

Claires Augen folgten jetzt wieder Blaze, deren wilde Sprünge allmählich etwas ruhiger wurden. »Typisch Jack«, stellte sie fest. »Zwei Whiskey, und die ganze Welt weiß, was man unter Kollegen so redet.«

»Ach, so ist das?«, antwortete Tess. Ihre Stimme klang vor Erregung noch etwas höher. »Die Tatsache, dass wir Schulden haben, stört dich nicht allzu sehr – solange es die anderen nicht wissen?«

»So ist es brav«, sagte Claire jetzt, ohne auf den Vorwurf ihrer Schwester zu antworten. Die Jungstute war stehen geblieben und hatte sich offenbar damit abgefunden, dass sie einen Sattel tragen sollte. Claire stieg über das Gatter, um mit dem Training fortzufahren.

Tess sah ihr ärgerlich nach. »Ich werde mir jetzt die Bücher ansehen«, erklärte sie. »Ich bin gespannt, was für Überraschungen mich noch erwarten.«

»Sie stehen im Büro«, antwortete Claire über die Schulter. »Sieh sie dir ruhig an! Und lass dir Zeit!«

Als sie im Büro war, stapelte Tess die Unterlagen der letzten acht Jahre auf den Schreibtisch und nahm dahinter Platz. Dann begann sie zu lesen. Die Seiten waren sorgfältig mit Jacks klarer, geschwungener Handschrift gefüllt. Sämtliche Einnahmen waren aufgeführt, einschließlich der Quellen und wofür sie der Farm zuflossen, und ebenso die Ausgaben. Aber es standen auch allgemeine Bemerkungen darin. Zum Beispiel über die Witterung oder Entwicklungen, die die Leute auf der Farm betrafen. Mitarbeiter, die eingestellt oder denen gekündigt wurde. Wenn Tiere eingingen oder Jungtiere auf die Welt kamen, hatte Jack auch das vermerkt.

Je mehr Tess zu sehen bekam, umso mehr fesselten sie diese Bücher. Hier ging es nicht nur um die wirtschaftliche Entwicklung von Drover's Run. Tess fand darin Dokumente eines persönlichen Lebens – des Lebens von Jack McLeod.

»Claires fünfundzwanzigster Geburtstag« stand auf einer Seite neben einer Entnahme aus der Kasse. »Gemeinsames Essen beim Chinesen.« Und an einer anderen Stelle in einem Buch, das fünf Jahre früher geführt wurde, stand über allen Ein- und Ausnahmen: »Dies ist Tess' achtzehnter Geburtstag. Ich hoffe, sie ist glücklich.«

Mit einem Mal standen Tess die Tränen in den Augen. Sie hatte immer geglaubt, dass ihr Vater sie vergessen hätte, nachdem ihre Mutter mit ihr nach Melbourne gegangen war. Nun hielt sie den Beweis, dass dies nicht der Fall war, in Händen. Schnell sprang sie auf und lief wieder zu dem Regal, auf dem sich die Bücher der Farm bis in frühere Generationen hinein befanden. Sie stapelte die Bücher, die bis in ihre Kindheit zurückreichten, auf ihren Arm und machte es sich damit auf dem Boden des Büros bequem.

Sie schlug die ersten Seiten auf und überflog sie. Nichts von Belang. Sie blätterte weiter. Mit einem Mal lag ein rosafarbener Briefumschlag zwischen den Seiten. Tess nahm ihn in die Hand und betrachtete den Absender. Er stammte von Jack McLeod. Sie drehte den Brief herum, um die Adresse des Empfängers zu lesen. »Tess Silverman«, stand dort. »O'Sullivan Road 287, Melbourne«. Die Adresse war durchgestrichen. Und in einer Frauenschrift stand daneben: »Return to sender - Zurück an den Absender.«

Tess betrachtete die Aufschrift mehrfach und drehte den Brief ratlos in ihren Händen.

Es war schon kurz vor Mittag, als Claire ins Büro kam.

»Na, hast du unser Problem gelöst?«, wandte sie sich an ihre Schwester.

Tess sah auf. Ihr Gesicht war von Tränen überströmt.

»Also, so schlimm ist die Lage aber auch nicht«, antwortete Claire ungeduldig.

»Als Mom und ich weggingen, damals, dachte ich, das war's. Ich dachte, Dad hat uns aus seinem Leben gestrichen«, erklärte Tess. »Aber jetzt sind hier alle diese Briefe. Bis ich zehn war, hat er mir regelmäßig geschrieben. Zum Geburtstag und zu Weihnachten. Aber Mom hat sie alle zurückgeschickt.«

Claire wendete ihren Blick von Tess ab und sah nervös auf den Schreibtisch.

»Hat er mal etwas gesagt?«, fragte Tess. »Ich meine, wegen der Karten. Wenn sie immer wieder zurückkamen. War er traurig oder ärgerlich?«

Claire schob einen Stift auf dem Schreibtisch von einer Stelle zu einer anderen. »Ich habe nicht gewusst, dass er diese Karten überhaupt jemals geschrieben hat. Ich muss wieder an die Arbeit«, schloss sie dann schnell und ging zur Tür.

»Meine liebe kleine Tess«, begann Tess jetzt eine ihrer Geburtstagskarten vorzulesen, noch bevor Claire das Büro verlassen hatte. »Heute ist dein sechster Geburtstag, und ich wünsche dir alles Liebe und Gute. Auch wenn ich an diesem Tag nicht bei dir sein kann – du sollst wissen, dass ich dich sehr liebe und dass ich dich immer lieben werde, mein Schatz, meine kleine Süße …«

Claire stand mit dem Rücken zu ihrer Schwester. Als sie hörte, was ihr Vater geschrieben hatte, durchlief sie ein kalter Schauer. Immer war sie davon überzeugt gewesen, dass sie die Einzige war, der Jacks Liebe galt. Waren nicht er und sie einfach unzertrennlich gewesen?

»Claire, er hat mich geliebt«, schloss Tess, verwundert und fassungslos.

»Ich … ich muss wieder raus«, antwortete Claire tonlos und verließ das Haus.

Bis zum Mittagessen verbrachte Claire die Zeit weiter mit Blaze. Man konnte jetzt zusehen, wie sie fast stündlich Fortschritte machte. Von Augenblick zu Augenblick schien sie ihre neue Bestimmung als Reitpferd mehr zu akzeptieren.

»Siehst du, braves Mädchen«, sagte Claire leise zu ihr. Sie stand vor der Stute und strich ihr über die Stirn. Claire war noch immer nicht in den Sattel auf dem Rücken des Pferdes gestiegen. Damit wollte sie sich Zeit lassen. »Ich verstehe, dass dir das hier nicht leicht fällt«, fuhr sie fort, und das Pferd drehte aufmerksam seine Ohren nach ihrer Stimme. »Wenn du dich aber erst einmal daran gewöhnt hast, wirst du merken, dass es gar nicht so schlecht ist, ein gutes Reitpferd zu sein.« Damit klopfte sie Blaze aufmunternd auf den Hals und ging ins Haus.

Sobald das Essen beendet war, begab sich Claire hinauf in ihr Zimmer – Jacks ehemaliges Zimmer –, um ein paar Kleider aus seinem Schrank einzupacken. Sie wollte die Sachen mitnehmen, wenn sie später mit Meg nach Gungellan fuhr.

Sie war gerade dabei, Jacks Hemden einzupacken, als Tess in der Tür stand. Sie hatte wieder eines der Bücher bei sich.

»Hier, hör mal, was Dad aufgeschrieben hat«, sagte sie schmunzelnd. »Kannst du dich daran erinnern?« Dann las sie vor: »Heute kam Claire zu mir. Sie hatte verweinte Augen und war vollkommen aufgelöst. Ich fragte sie, was denn los sei. Darauf erklärte sie mir, dass es in Ordnung wäre, wenn alle kleinen Tiere der Farm irgendwann verkauft würden. Die kleinen Lämmchen und die Kälbchen. ›Ja, und?‹, fragte ich. ›Warum weinst du denn?‹ Darauf sagte Claire: ›Aber Tess geben wir nicht weg. Die wollen wir behalten.‹« Tess lachte auf. »Ist das nicht süß? Du dachtest, sie wollten mich verkaufen.«

Claire gelang ebenfalls ein Lächeln, während sie einen weiteren Stoß Hemden aus Jacks Schrank nahm. »Mir war wohl damals schon klar, dass man mit dir keinen guten Preis erzielen würde«, sagte sie.

»Na ja, jedenfalls erinnerst du dich«, antwortete Tess und überging damit den etwas missratenen Scherz ihrer Schwester. Dann sah sie auf. »Was machst du denn da eigentlich?«, wollte sie wissen.

»Ich packe ein paar Sachen von Jack ein«, antwortete Claire, während sie die Hemden zusammenlegte. »In der Stadt gibt es ein paar arme Teufel, die sie gut gebrauchen können.«

»Das ist aber ein schönes Hemd.« Tess deutete auf das karierte Flanellhemd, das Claire gerade in der Hand hielt. Sie nahm es ihrer Schwester kurzerhand ab, zog es über und betrachtete sich damit im Spiegel von Jacks Kommode. »Kann ich das haben?«

Claires Mund war plötzlich trocken. »Klar. Wieso nicht?« Ohne weiter auf Tess zu achten, lief sie eilig die Treppe hinunter.

Die Farm, Jacks Liebe und nun noch seine Hemden, dachte Claire, überwältigt von einer tiefen Traurigkeit. Was würde Tess ihr noch alles wegnehmen wollen?

Als sie am Nachmittag gemeinsam mit Meg in die Stadt fuhr, versuchte Claire das Thema anzuschneiden, das ihr auf der Seele brannte. »Tess hat Briefe von Jack gefunden. Karten zu Weihnachten und zu ihrem Geburtstag, nachdem Ruth mit ihr weggegangen war«, begann sie. »Wusstest du davon?«

Meg ließ sich einen Moment Zeit, bevor sie antwortete.

»Ja, ich wusste davon«, sagte sie schließlich ruhig.

Claire schüttelte den Kopf. War es möglich, dass Jack etwas ohne ihr Wissen getan hatte? Und konnte es sein, dass sie Jack und seine Liebe immer schon hatte teilen müssen, ohne es zu ahnen?

Meg betrachtete die Landschaft, die ruhig an ihnen vorüberzog. »Er hat dich vergöttert«, sagte sie, als wüsste sie, woran Claire dachte. »Und das weißt du. Warum willst du es plötzlich bezweifeln?«

Unterdessen näherten sich zwei Autos Drover's Run. Alex brachte zusammen mit Terry den liegen gebliebenen Käfer von Tess zurück. Tatsächlich war von einer »defekten Hinterachse« keine Rede mehr. Alex wollte natürlich auch Tess besuchen und erhielt von Jodi, die gerade missmutig die Viehtränken scheuerte, die Auskunft, dass sich Tess im Haus aufhalte. Als Terry sich nach Meg erkundigte, spürte Jodi zum ersten Mal ein deutliches Misstrauen.

Alex fand Tess im Büro. Sie saß wieder am Schreibtisch und las die Bücher.

»Hallo, Tess. Das ist aber ein viel zu schöner Tag, um Büroarbeit zu machen«, sagte Alex mit einem Blick auf den Schreibtisch. »Wollen wir nicht vielleicht einen kleinen Ausflug machen?« Er trat hinter sie und beugte seinen Kopf, um Tess einen Kuss auf ihre nackten Schultern zu drücken.

Tess reagierte überhaupt nicht auf seine Frage. »Hat deine Mutter dich jemals belogen?«, entgegnete sie stattdessen.

Alex wurde nun wirklich sauer. »Können wir mal über etwas anderes reden als über meine Mutter?«

»Ich meine nicht deine Mutter.« Tess erhob sich von ihrem Platz. Ihre Stimme klang aufgebracht, und sie schien in Rätseln zu sprechen. »Ich spreche von meiner Mutter. Sie hat sicher gedacht, sie tut nur das Beste für mich, als sie Jacks Karten und Briefe einfach unterschlagen hat. Aber es passt so gar nicht«, fügte sie hinzu. »Schließlich war sie Therapeutin und hätte es besser wissen müssen.« Sie lief aufgeregt durch das Zimmer. Alex, der gerade noch rückwärts vor ihr her gegangen war, wich zur Seite und sah ihr verblüfft zu.

»Ich hatte immer gedacht, unser Zusammenleben wäre harmonisch und offen gewesen«, fuhr Tess fort. »Aber anscheinend … anscheinend habe ich mich getäuscht. Das Furchtbare ist nur, ich werde sie nie mehr fragen können. Ich werde nie mit ihr darüber sprechen können. Und auch Jack werde ich nie mehr sagen können, wie sehr ich mich über seine Karten gefreut hätte.«

Mittlerweile hatte Alex bemerkt, dass Tess in diesem Moment mit ihren Gedanken offenbar ganz woanders war als bei ihm und einem Ausflug in die Gegend. Einen Moment lang schien er unschlüssig zu sein, dann näherte er sich allmählich der Tür, während Tess aufgeregt weitersprach. Er konnte die Situation nicht genau einschätzen und war etwas verärgert über das Verhalten seiner neuen Freundin. Oder zumindest enttäuscht, dass Tess sich noch nicht einmal für das zurückgebrachte Auto bedankte. Er griff nach seinem Hut, den er zuvor an den Haken im Büro gehängt hatte. »Es ist wohl ein ungünstiger Zeitpunkt«, bemerkte er ein wenig verletzt. »Du bist wohl ziemlich beschäftigt. Also dann ... dann will ich nicht länger stören. Wir sehen uns ein anderes Mal. Der Autoschlüssel steckt.« Damit setzte er seinen Hut auf und verließ das Haus.

Tess sah ihm nach. Was hat Alex jetzt eigentlich gewollt?, dachte sie hilflos und verstört. Schließlich ging sie zurück an den Schreibtisch, setzte sich in den Stuhl, schloss die Augen und dachte nach.

Die Briefe und Karten bewiesen, dass Jack sie niemals vergessen hatte. Sie war, auch in ihrer Abwesenheit, immer ein Teil seines Lebens, und damit ein Teil von Drover's Run gewesen. Sie erinnerte sich, wie Claire ihr die einzelnen Teile der Farm gezeigt hatte, den Fluss, die Weiden, die Hügel. Und wie sie ihr erklärt hatte, dass jede Parzelle ein unverzichtbarer Teil des Ganzen sei.

Mithin war auch Tess, als Jacks Tochter und Teil seines Lebens, ein Teil dieses Ganzen. Und vielleicht verpflichtete sie das zu etwas ganz anderem, als nur den Erbteil von Drover's Run einzufordern, der ihr zustand ...

Nachdem Meg und Claire in der Stadt alles erledigt hatten und nun die Landstraße zurück nach Drover's Run fuhren, fiel ihnen plötzlich ein junges

Mädchen am Straßenrand auf. Im Näherkommen sahen sie, wer es war: Becky. Sie hatte schon bald nach der Rückkehr zu ihrer Mutter bemerkt, dass lediglich eine Arbeitskraft im Truck-Stop fehlte. Von einer neu erwachten Liebe der Mutter zu ihrer Tochter war nichts zu spüren. Becky war darüber so enttäuscht, dass sie sich erneut mit der Mutter überworfen hatte.

Die junge Frau nahm das Angebot von Meg und Claire, sie wieder mit nach Drover's Run zurückzunehmen, gerne an. Becky war allerdings klar geworden, dass sie noch einige Dinge in ihrem Leben ändern musste, wenn sie länger auf der Farm bleiben wollte – wenn nicht gar für immer.

Gleich nach ihrer Rückkehr ging Claire zurück zu ihrer Jungstute Blaze auf die Koppel. Zu ihrer großen Freude kam das Pferd auf sie zu und begrüßte sie freudig. Einen Augenblick lang zögerte Claire. Dies konnte der richtige Moment sein, um mit dem Einreiten zu beginnen – sollte sie es jetzt wagen? Kurz entschlossen setzte sie ihren Fuß in den Steigbügel und schwang sich in den Sattel, auf den Rücken des Pferdes.

Mit angehaltenem Atem wartete sie nun auf das Bocken, Austreten und Herumrennen, das bei dem ersten Reitversuch üblicherweise eintrat. Aber nichts geschah. Die Stute verhielt sich vollkommen ruhig.

Merkwürdig, dachte Claire. Vor dem Mittagessen hätte sie mich vielleicht noch abgeworfen. Es war anscheinend richtig gewesen, dem Pferd ein bisschen Zeit zu geben. Zeit, um sich an die neue Situation zu gewöhnen. So wie auch Claire sich in der Zwischenzeit an die neue Situation gewöhnt hatte und einige Dinge für sich und in ihrem Leben ordnen konnte.

Sie dachte daran, wie Meg im Auto zu ihr gesagt hatte: »Er hat dich vergöttert. Das weißt du. Warum willst du es jetzt bezweifeln?«

Vielleicht nahm Jacks Liebe zu Tess ihr selbst ja gar nichts weg. Weil sie immer schon da gewesen war. Nur dass Claire dies nicht bemerkt hatte.

Sehr vorsichtig hob Claire jetzt ein wenig die Zügel an. Sie drückte vorsichtig ihre Fersen in die Flanken des Pferdes, und die Jungstute setzte sich in Bewegung.

»Das ist ja unglaublich.« Tess, die ein Stück abseits Oskar gestriegelt hatte, kam zur Koppel gelaufen. Sie kletterte auf das Gatter und sah ihre Schwester bewundernd an. »Gestern war sie noch total wild.«

»Gestern dachte sie noch, ich bin ihr Feind«, antwortete Claire glücklich. »Und jetzt hat sie verstanden, dass ich ihr nichts Böses will.« Sie beugte sich vor und klopfte zärtlich den Hals des Pferdes.

Tess setzte sich auf das Gatter der Koppel und sah Claire zu, wie sie mit der Stute einige Runden drehte.

»Übrigens, ich bin zu einem Entschluss gekommen«, sagte sie dann unvermittelt. »Ich werde … ich werde hier einziehen.«

Claire schenkte ihr von der Seite einen interessierten Blick. »Aber das hast du doch schon längst getan«, meinte sie.

»Ich meine für länger. Ich werde meine Sachen hierher bringen lassen …«

»Oh«, warf Claire ein. »Noch eine Espressomaschine?«

Tess grinste, antwortete auf diese Frage aber nicht. Stattdessen suchte sie nach den passenden Worten, mit denen sie ihrer Schwester ihren Entschluss erklären konnte – ohne Claire damit zu verletzen. Denn Tess war klar geworden, wie schwer es ihrer Schwester fiel, Jacks Liebe plötzlich teilen zu müssen. Was hatte Claire gerade über die Jungstute gesagt? Gestern hatte sie Claire noch als ihre Feindin angesehen. Und heute verstand Blaze, dass sie zusammen stark sein konnten.

»Es ist doch so«, begann Tess. »Die Hälfte der Farm gehört mir. Das bedeutet, dass auch die Hälfte der Schulden auf meine Kappe geht. Darum denke ich, ich bleibe einfach noch eine Weile und helfe, das überzogene Konto wieder auf die Haben-Seite zu bringen.«

Claire warf ihr einen skeptischen Blick zu. »Hm, vielleicht hätten wir dich damals doch verkaufen sollen«, meinte sie mit einem ironischen Grinsen. »Bevor du die Farm jetzt ganz und gar ruinierst.«

»Oh, keine Sorge«, entgegnete Tess. »Ich habe mich im Internet umgesehen und eine tolle Seite gefunden, auf der steht, wie man eine richtige Farmerin wird.«

»Im Internet«, wiederholte Claire nachdenklich. »Also, wenn das so ist, dann sollte ich wohl besser dafür sorgen, dass Drover's Run in Zukunft überhaupt keinen Strom mehr hat ...«

Noch vor dem Abendessen war die Premiere. Tess hatte die Espressomaschine aufgeheizt. Sie hatte Wasser eingefüllt, Milch aufgeschäumt und die Siebe mit Kaffee gefüllt.

»Okay«, sagte sie. »Seid ihr alle fertig?«

Meg, Becky und Jodi nickten. Claire saß mit gerunzelten Augenbrauen am Tisch.

»Licht?«, fragte Tess.

»Ist aus«, antwortete Meg und legte den Schalter um.

»Das Radio?« Tess sah zu Jodi.

»Aus«, sagte Jodi und drehte den Knopf nach links.

»Der Kühlschrank?«

Becky zog den Stecker. »Auch aus.«

»Also dann!« Tess drückte den Knopf der Espressomaschine. Dampfend, fauchend und nachtschwarz floss der Espresso in die Tassen.

Wenige Augenblicke später stand vor allen je eine Tasse herrlichen Cappuccinos mit einer hohen Milchschaumhaube.

»Ihr werdet nie mehr etwas anderes trinken wollen – und schon gar keinen Instant-Kaffee«, versprach Tess. Dann setzten alle ihre Tassen an die Lippen.

»Nun ja«, meinte Claire, nachdem sie einen ersten Schluck genommen hatte. Sie spürte dem Geschmack an ihrem Gaumen nach. »Ich glaube, ich setze doch noch mal Wasser auf.«

Damit erhob sie sich und füllte Wasser in den Kocher, um sich ihren altvertrauten Instant-Kaffee aufzugießen – den Kaffee, der auf Drover's Run immer schon getrunken worden war.